上海贝贝特文化传播有限公司出品
www.shbbt.com

晚福

Ducky婆婆

邝颖萱

序

Ducky婆婆是我收养的一只流浪狗。据医生估算她起码有十二岁。与前作《Goldie看世界》及《带着Goldie去旅行》相比，我多花了一倍的时间去写这本《晚福：Ducky婆婆》。老实说，在Goldie作品创作过程中，没有太大的使命感，与今次写作有很大分别。

Ducky婆婆是一只被遗弃的波士顿梗，因牙齿已经掉光了，舌头无时无刻不露在外面，可能是无法进食的缘故，初见她时她瘦得厉害，肋骨同脊骨都明显突出，眼睛有白内障症状。体型较正常波士顿梗来得瘦小，这是长期被困在笼内缺乏运动的结果。经医生诊断，她是来自繁殖场，相信因无法再生育而被遗弃。估计曾多次生育引致大量钙质流失才令牙齿掉光，之后医生发现她患上乳癌，这亦可能跟曾被注射激素有关。

Ducky婆婆的故事，令人反思香港的宠物文化。香港人深受日本流行文化追求“可爱”（Kawaii）的影响，而这风气却害了不少动物。

在香港，Hello Kitty、大头狗、大头猫或趴地熊都是典型的“可爱”代表，这些日式玩偶的特色，总离不开呆呆的嘴脸或瞌睡的表情。但这些产品售卖的只是一些假象，而在真实生活中饲养动物完全是另一回事。

人们追求可爱动物，助长了繁殖场与宠物店的生意，在宠物店笼内摆设着瞌睡的幼犬，少男少女隔着玻璃观看这些熟睡的小生命，眼中看到的不是一只有血有肉的动物，而是与大头狗、Hello Kitty相近的“可爱玩偶”，令他们霎时冲动花钱买下幼犬，但很快便会发现幼犬的各种生活问题，宠物变得不再可爱时，摆在面前的就是从未想过要面对的臭气尿味，定时喂食及顽皮破坏行为，宠物失宠，命运就是被遗弃。

这种宠物文化的另一不良影响是畸形动物的繁殖，例如将狗只缩小成“Tea cup”狗。又例如最近发生的盆景猫（Bonsai Kitty）事件，相片可能只是人工合成，但恐怖的是竟然有人认为有趣而公诸同好。可爱二字真是害动物不浅。假使香港没有这种宠物文化，就没有宠物店及繁殖场这门生意，也没有Ducky婆婆的故事。我相信Ducky婆婆的子女，年幼时都逗人可爱，也卖得很好价钱，所以令她成为繁殖场的生财工具。

我不认识她的过去，在写作过程中，我只能够从观察她的日常行为，去重构她的想法，将她拟人化。例如我发现她总是神经质地不停舔自己双爪，每当Goldie外出离家，她会神经兮兮，不安地坐在门口等他回来，等久了还会悲鸣，举凡有人抬脚或只是坐久了转换姿势，她都会以箭步跑开。但对其他同类却毫无惧色，还经常无故攻击体形比她大上几倍的同类，以上都是犬只因为缺乏安全感，患有精神病的表现。Ducky婆婆的大半生是怎样走过来的，我实在不欲多想。她来到我家已经一年，做过大手术，今天长肉长胖了，只望她一切会好起来，平静地度过余生。

这本书分前后两半，前半部是写她由丧家犬变成我家Ducky婆婆的历程，后半部以介绍老狗的常见病症与照顾方式为主干。我希望借着这本书，请大家不要再到繁殖场及宠物店购买动物，想有动物做伴就去收养吧！而家中有老狗的朋友，更要好好照顾这个一生一世的老朋友。

目录
CONTENTS

我的故事悲欣交集。

第一章　半杯水

我一直以为这只是一次郊游，是主人“狗叔”大发慈悲，给我在繁殖场辛勤工作了十多年的奖励。“狗叔”的车子在公路边停下来，我立即从车里跳下，路旁是一片草地，很久没有闻过青草的气味，往前走上几步，青草混合泥土的气息更浓密，草也更高。当我完全沉醉在这美妙时刻，忽然传来“轰”的一声，我随即沿着下来的小路走回公路上，后面空空荡荡，车和人都没了踪影，起初还以为自己老眼昏花，沿着公路前前后后走了十多次，空气中还弥漫着汽油气味，我想还是坐下等“狗叔”回来吧，他可能正跟我玩捉迷藏游戏呢，果然不出所料，很快便有一辆车朝着我的位置驶近停下来，我蓄势待发准备飞扑上前，咦！气味有点不对劲，为何变成浓烈的香气，车门打开原来是一位打扮入时的女人正弯身将手上的雪白魔天使犬放到地上，魔天使犬身上也擦满香水，它趾高气扬，眼尾也不瞄我一下就从身旁走过，载它来“郊游”的车，很快亦绝尘于公路上。

时间一秒一秒溜走，心里开始逐秒数算着，起初还感受到炙热的阳光，慢慢凉风从背后吹来，从路旁的街灯下，我看到一团团黑压压的蚊子在打转，天开始黑了。每当从远处望见两点微光越走越近时，我就会挺直腰板伸长脖子准备迎接主人回来，一次，两次，三次，最终换来的还是失望。天色完全黑沉。微黄的灯光下，看着自己长长的身影，我开始认真思考：难道“狗叔”已厌倦了我的服务，存心遗弃我？我尽量阻止自己往这方面想下去，但每当有车辆在我身边飞驰而过，“遗弃”这两字在脑袋中闪出来的次数越来越频密。事到如今，我有的是时间，不如抖擞精神，认真想想自己的未来。一时间，我想起了“狗叔”的躁脾气，大概他是忘记回来接我吧。

还记得以前活在繁殖场时，喝醉的“狗叔”总会一边歇斯底里地大骂，一边挥动着手中的木棍不断拷打铁笼，又会用穿着靴子的脚给我们表演凌空起飞脚。邻居是一只约瑟爹利犬，年纪比我小却很悲观，终日埋怨，又投诉天气热，投诉吃不饱，抱怨饮用水不洁又不够之类。每当笼内只剩下半碗水时，它总会坐立不安担心明天恐怕要挨渴了。每每见到他满脸忧愁时，我只有安慰它说："这里有半碗水，你试想着它不是空了一半而是满了一半，心情不是会更好吗？"这半碗水理论令我足以应付繁殖场内种种的不愉快经历。我有着乐观的性格，所以面对困境依然想到光明。今天的遭遇，悲观来看我是被主人遗弃了，乐观来看是终于重获自由，让我离开那终年被关的铁笼，也不必担心冷不防被人在肋骨上踢上一脚。

其实，人类和狗的关系再功利不过了。当然，两者之间还是有友谊的。（说实话，我就是因为这种"友谊"，才来这里发表我的看法。）是啊，拒绝这种友谊的狗才是傻瓜呢，那不是等于也拒绝了温暖的床、丰富的饮食和舒适的家居吗？

在此，我不得不佩服我们祖先的智慧，想必早在几千年前他们就已洞察一切，认识了这个真理：人类是我们狗族的长期饭票。当然每件事都有它的代价，究竟我们又失去了什么呢？就是自由。对我而言，今天被遗弃掉，究竟是祸是福谁又说得准？假如明天我能生存下去，这就是见到杯内装满了一半的水，反之，若然明天我死了，不就相当于杯子空了一半吗！我不断往好处想，但不认不认还须认的是：此刻，我是如假包换的“丧家之犬”。

我只要抖擞精神，也一样精明干练，醒目样至少可维持十五分钟左右。

第二章 跟

广东话形容寸步不离令人几近厌烦的人为“跟尾狗”，亦可以用作嘲讽阿谀奉承的小人，在大家将这个具贬义的名词套在狗类之前，容我说一句“跟尾”是我们的生存之道。任何一种有生命的个体，均贪生怕死，亦必须具备一套求生的本能。我的理论很简单，作为一只被人遗弃的狗，想要活下去，其中的一个方法，就是“跟”，不单是“跟”，准确来说是“死跟”！

被丢在车来车往的公路旁的草丛，足足待了一整个早上，我开始意识到应该辨认一下方向，到中午时分才只有三三两两的行人走过，他们穿过草地，走入一个名字叫赤泥坪的小村。

从路过的人群中，一个带着浓冽香水气味的女人走过我身边，我清楚认得她就是昨天带那纯白魔天使犬“郊游”的人，她今天的衣着与昨天一样光鲜，任谁都可以一眼就看出她是典型的“香港制造”，当时，这股香气对我来说代表“宠爱”，就是她的香气引发了我这无知愚蠢的想法，于是我决定以她为“死跟”

的目标。为免“香港制造”发现我这个跟踪者，我蹑手蹑脚，相隔十步八步之遥，亦步亦趋走在她身后。这副鬼祟模样连我自己也觉可怜。

差不多到达村口的时候，路上一阵浓浓的饭香传来，有别于一路上青草和泥土的气味，饭香以外，又掺杂了让我直流口水的油煎香味，寻食的快感使我忘却了自我，我忍不住做深呼吸，再走近一点！我肯定这是食物的香味，准确而言是肉香，我忙不迭吞了吞口水。我追逐着香气走到村口，令人垂涎三尺的肉香原来是从村口小店飘来的，这小店正是学生下课后蜂拥到村里吃午餐的地方。我不敢贸然直窜进店内，这样大有可能会在被轰出门外之余，再免费送我扫帚招呼。我觑准时机快步窜到小店旁边堆放的一堆弃置纸箱，正好给我一个绝佳的隐蔽据点，躲在这里远较草丛堆中来得安全。肚子饿了一整个早上，肉香忽然从四面八方涌来攻击我的五脏，怎么办？再这样犹豫不决的话，今天恐怕也过不了，还说什么日后东山再起的宏图大计？我把心一横，一步一步走近桌子位置，索性盘着腿坐下来，再伸长脖子，用我最情深的眼神，从下至上盯紧那碗热腾腾的餐肉面。餐肉面前的女生发现了我后，冲着我傻笑，还滑稽地啧啧有声，我想她是在模仿我们的语言。我日后还发现，人类对婴儿也采取这种策略。不过从音调听，他们的确很友善，事实上，一只友谊的手的确比无情的靴子可爱得多了。

我听到她向身旁的同学指向我，说："看，她好像蛮饿的。"我明白这绝对是一个关键时刻，需要加大力度，将可怜的眼神变得更可怜。"Bingo！"一小块午餐肉掉在地上，我立即抢前一骨碌把它吞下，我吃得很细连丁点肉碎都不漏下。边吃边想，这不是典型的"一见钟情"吗？那时，幼稚的我竟天真地以为她希望我成为他们的一分子，于是，我二话不说，站起来用双手攀着女学生的大腿，希望她把我看得更真切，激发她对动物的怜悯之心，不想她“哇”一声尖叫出来，这时后悔已来不及，太急进，太急进了，真是一子错，满盘皆落索。女生不单皱起眉头，还大力拍打裤管，说：“这只狗很脏啊！”站在一旁的男同学还幸灾乐祸，说：“是你把她引来的，活该！”

女生的大叫很快便招来了小店老板的注意，直朝我的位置跑来，边喝边挥手，说：“走！走！走！”我只好退后几步，但仍紧盯着桌面的美食，且战且退，这老板也不是省油的灯，再一个箭步上前，作势用脚踢我。“算，好汉不吃眼前亏！这次遇人不淑，唯有作战略性退却。”我退回纸箱据点，等待下一个路过的人，重新选好目标再施展“紧跟到底”策略，不料，小店老板竟然静静拐到我背后，我确实地感到了扫帚拍在身上的感觉。

唉，此地不可久留。

我虽然被赶，但深信天无绝人之路，当上帝把门关上的时候自会给我开一扇窗！

因为锲而不舍地死跟，终给我跟出个未来。

第三章　大学奇缘

秋天的黄昏，路上积满了一堆堆的落叶，深到能盖住我的四爪。我走在上面，发出沙沙的声音。

天色黑下来，我不知道自己何时荡至中文大学的校舍附近。傍晚的大学有一种独特的氛围，表面上黑暗而寂静，但又不是完全沉睡过去。走在校园里，总能感受到人留下来的气息，还能看见点点亮着灯的窗子。

地上的影子拖得越来越长，而我渴望的食物和一张小床还没有踪影，一路拖着空肚皮，我缩着头茫然地走着。空虚和无奈犹如孪生兄弟一路上合拍地跟着我。四肢酸痛迫使我停下来，怔怔地站在大学门口巴士站对面的安全岛上。我完全没有意识到这安全岛毫不安全，你知道，我出生在一座破旧如旧车场般的房子里，有生以来从来没看过这么多人和车辆，在这个交通繁忙的十字路口，校巴在转弯位置川流不息，那其实是非常危险的，特别是对于我这只体形比猫还小，又黑又瘦，饿得头晕眼花，连眼睛都睁不大的老狗而言。说实话，司机忽略了我的存在绝对正常。就是我可以觉察得到危险想躲避，恐怕连闪开的力气都没有。

我全神贯注于往来的车辆，以至有个男生轻抚我的头时，竟吓了我一跳，我仰脸张望，看到一个略带乡土味，理“小平头”的男生蹲下来，关心地对我说：“嗨！你叫什么名字？怎么独个儿站在这里？这里危险啊，快点回家去吧！”说完，“小平头”就走了。

唉！他准以为我是出来散步。也难怪，怎么说我也属于纯种波士顿梗犬血统，身为贵族，理论上不会轻易出巡吧。如果不是我这生育机器不能再制造贵族，我亦不会随便抛头露面，任谁都知道我们“蓝血”有价有市。虽然由供人观赏玩乐沦落到“生产奴隶”，再沦为流浪汉，确实有点不容易接受。然而世界上的事情就是这样的无常。不过，据说无常也分“好的无常”与“坏的无常”。什么时候我才能轮上一个“好的无常”呢？我想大概快了吧？因为我深信否极泰来的道理。

这个想法，犹如给我注射了一支强心针，四肢不期然又有力起来，开步跟着“小平头”走！对！跟着他！强心针的药效驱使我再生出另一个念头，我要有个家！

走过转角，“小平头”显然未觉察到我跟在后面，一人一狗依然不徐不疾地走着。我加快了脚步，紧紧地跟着怕丢失。

再走了大约十来分钟，到了一座两层高的村屋，“小平头”显然还是没有留意到身后的我，心情变得忐忑不安之余还觉得很矛盾。一方面希望他在发现我后，让我留下来；但另一方面又怕他发觉之后会立即赶我离开，还记得小吃店女生给我上了一课，只看到表面的友善，最终后患无穷，今次不要再因为太急进而吓怕人。我想先观察一下，然后再定夺吧！

正在犹豫要不要叫他一声之际，只听得“砰”一声，门关上了。

“小平头”已进去了！

想开口都没机会了！

我蹲在门口发呆，脑子一片空白。多想无益，早早睡一会吧。也不知过了多久，被一阵细碎走近的脚步声弄醒，只见一个染金发，身穿黑色衬衫穿破洞牛仔裤，脚踏黑皮靴的小子走来，这人该不会是“黑道分子”吧，见他边打电话，边歪着头反复打量着我，未几听到他对电话里头说：“到了，快来开门。”大门打开，里面传来吸尘器开动的声音，“小平头”又再次出现在面前。

但见“黑道分子”朝着我的位置用手指向我，咕噜咕噜地跟“小平头”说了一大片，“小平头”一脸惊讶地不住点头。我的心虽然激动地怦怦乱跳，但我知道，这可能是我唯一的机会，绝不能犹豫，必须要运用我们狗类最优秀的本能，也是对付人类的“杀手锏”，一边努力摇动我那状似猪尾的短尾巴，频繁晃动双耳，一边鼓起喉头不断发出咕咕声，再以充满期待的眼神望向他们，这是一个不容有失的重要时刻……

“嗨！你要进来吗！”他请我入屋！他居然请我入屋！

成功了！

我的天！我的眼神果然天下无敌！

良好的自我感觉窜升九级。我觉得自己正交上好运。这刻的我，也顾不了仪态，连跑带跳配以九秒九的速度登堂入室。眼前的“黑道分子”与“小平头”简直是头带光环的使者，如果我有说话的本事，绝对会高声地告诉他俩，选择我完全明智且独具慧眼。

正当我以蓝血贵族姿态步入大厅，准备好好欣赏我新的“家”之际，只听得“喵呜”一声怪叫，一只身形肥大，体重确定超过二十公斤的超级肥猫赫然冲到我的跟前，凶狠地瞪着我，龇牙咧嘴，低着头弓着身，还在半空中伸出利爪，朝着我的面划拉过来。我立即吓出了一身冷汗，感觉全身的血液，都被庞然巨大的肥猫压制得几乎凝固，但觉四肢僵硬，无助地发抖。刚以为交上好运，偏偏又给我惹来这瘟神，究竟是怎么回事？我越是怕猫，就越是见鬼似的冤家路窄地给我撞上，而且总是在我刚来好运的时候，他们就神差鬼使地来搞破坏！“唏，老吾老以及狗之老，幼吾幼以及狗之幼，你就不能让让长者吗！”这庞然大物显然对长幼有序的道德伦理毫无认识，摆出一副寸步不让的姿态，嘴角两边的猫须随着叫声抖动着，我想，还是找个厚实点的屏障将我俩隔开稳妥些。她完全像被魔鬼附体一样，仿佛不把我撕扯成碎片就不会罢休！唉！我唯有自说自话说：“小鬼，冤家宜解不宜结、山水有相逢的简单道理你明白吗？”

幸好“小平头”及时跑来，将肥猫抱开。临走时，小鬼还从男生的右臂里探过头来，给我丢来一个阴森眼神，再毫不忌讳地抛下一句话：“有胆量的话就留下不要跑啊！横竖我闷得发慌，你来正好给我磨利四爪。”我发誓不想再见到这只“死肥猫”！

屋里头终于恢复平静。趁着“小平头”带走那可恶小鬼后，“黑道金毛”居然给我端来一盘清水，果然人不可以貌相，这时，我才发现被肥猫一吓，再加上之前进屋时的热情表演，喉头干涸得说不出话，这碗清水犹如及时雨，一解我的唇焦舌燥状况，我一口气把清水饮了一半，惊魂甫定，也不敢随意乱动，稳阵起见还紧靠着“黑道金毛”的脚边，给自己一个进可攻退可守的保护屏障。“黑道金毛”不单给我添加了清水，还顺手将放在桌上的饼干拿来给我果腹，我早已饿得发慌，身体快撑不住，也顾不得别的，便狼吞虎咽地吃起来。吃到一半才感觉到从我背后射来的目光，“小平头”如看怪物似的瞪着眼说：“它有几天没东西吃啊！”

饿了数天，当然更要把握机会大吃一顿，吃饱之后，正准备躺下来好好睡一觉，听到他俩在讨论如何处置我，不是嘛！不是说好了让我留下吗？我还以为我们将开始一段感人的故事，怎么又改变主意！两人根本漠视我求救的眼神，便硬拉我出门，一路往停车场的方向走去。嗯？难道他们带我出去散散心？掉头看见肥猫坐在高柜顶，居高临下，一副蛮不是味儿的模样，我乐透了，他们居然只带着我出去，留下那肥小鬼在玻璃窗后面，恨得牙痒痒！哈哈！真是风水轮流转啊！转着转着，就轮到我乘清风逍遥游了。

汽车离开了村落，开上一条小路，走了快一小时，车在一座高楼前停下，高楼的样式跟我过去几周见过的大厦没有区别，我隔着车窗望去，天色已全黑下来，我对哥儿俩带我见何许人毫无概念，一心抱着船到桥头自然直的心态，便跟他们下车往前走。

我的名字似乎更适合烧腊店的挂炉鸭，狗的名字其实没什么意义嘛！

第四章　我的名字

给我开门的是个短头发“管家”模样的女子，我立刻感觉到意趣相投，她迎接我的姿态，没有像别人那样的睥睨一切，还坐到地上来同我打招呼，让我清楚看到她脸上的雀斑。对于人类这也许算不了什么，但对特别矮小的我来说，这代表着一种与我为伍的态度，也是用平等的眼光来看待我……这是基本礼貌嘛！

如果有人总是高于你头上一米之处对你讲话，你总不会以为很受尊重，对不对！她的眼神倒算友善，不过也不知是真还是假。记得以前在繁殖场里凡是对你笑得最灿烂的人，往往会做出一些令人伤心的举动。“狗叔”就是人办，他会边笑着称赞我能干，边狠心地抱走我的初生孩子，丝毫没有歉意，甚至觉得这是理所当然。

虽然我未能确定“管家”是真情还是假意，但见人家一脸诚恳，而且一直挂着微笑，还伸出友好的手轻抚我的额头，最重要的是她给了我几块甜圈饼，于是我摇摇尾巴，张开嘴“呵呵”两声，以一般社交礼仪显示我的礼貌便算，萍水相逢，无谓浪费宝贵的热情。见我作出回应，她已然乐得蛮高兴了。人类就是这样，很容易被表面的东西感动，他们的大脑大概只有在受到压力和痛苦的时候才能认真冷静地思考。

寒暄后，“管家”提起了家庭的其他成员。我还记得当时自己的反应：老天，别好事多磨，千万可别领猫只，穿靴子、抢人家孩子的无良分子过来。不知为何，埋在潜意识里叫我最怕的糟念头不停在脑袋中冒出来。

“Goldie，过来！见见新朋友，要有礼貌！”我的天！一只金毛寻回犬，这只体重肯定超过一百磅的“庞然大物”正用傲慢的眼神看着我。猜也不用猜，他若发起脾气来，我可以想象他“巨无霸”的威力，比起早前那只撩是斗非、肥肿难分的家猫还厉害百倍！

跟着被介绍出场的人，跟想象中大相径庭——来人昂藏六英尺，头上虽未见满布疤痕，但厚厚的嘴唇像涂上了一层油般，活像两条肥腻的腊肠，他让我想起“科学怪人”。他光着脚走过来坐下后，便垂手搔摸“庞然大物”的耳朵，他看我的眼神很淡然，远不如“管家”的热情，我温顺地蹲下来，双手齐放地上以示我的教养，我发现，这家人有一个共通点：成员均属大块头，体重总和少则也有四百磅！

接下来的时间不单漫长且沉闷，他们三人似乎有很多严肃的话题，我猜，这绝对不是一次简单的拜访。

我借机观察一下四周环境，房子的面积大小还算可以，对于室内装修设计，我是个外行，不过依我的看法，找个容身地完全绰绰有余，书本杂志则随处可见，地上散满小狗的无聊玩具，肯定是属于那“庞然大物”的，我当然不会像人家的无知小孩穿房入舍，随便拿人家的东西把玩一番。你知道，我出生在一座破旧如废墟一般的房子里，地方很小室友又多，狗比人更重视地盘这个问题，我从小最清楚不过，又不是嫌命长，对“庞然大物”

的玩具根本没有兴趣，事实上我亦没有顺手牵羊的意思。整体而言，除了到处都是那“巨无霸”的气味，这地方胜在家具不多，还好柚木地板未见松脱而容易绊到，亦没有在繁殖场随处可见的吓人污渍，空出的面积让我跑几圈都行；最受我青睐的是铺在茶几下软绵绵的米色羊毛地毯，嗯……正是我梦想中的床！

对狗来说，身体语言能比声音传递更多的信息，而人类的肢体语言表达大多是下意识的，是思想的真实反映，人可以“口是心非”，但狗就做不到“身是心非”。狗类跟人类不同，属喜形于色的动物，当我们高兴的时候，会眯起眼睛，摆动身体四处活蹦乱跳，喉头发出咕咕的叫声。

与Goldie见过面后，我坐到餐桌下静心观察这只“巨无霸”的一举一动，他用眼角随意扫了我几下，当作是打了招呼，举手投足，充分展示了他的“主狗”身份，显然他已被视为家庭的重要成员。

在我继续说下去前，让我先形容一下这“管家”的模样。以我保守估算此人年纪大约四十到五十岁，五官轮廓正常，态度声线尚算友善。最怕遇上声线永远高出八度的人，他们的尖嗓子叫我耳膜无法承受。

“管家”跟我经常遇到的一类人相似，就算是身穿潮服，身形始终予人肿胀的感觉。唯一不同的是她没有人家近年流行的文眉文眼线，据说这时尚美学，也是这年纪的人喜爱的玩意儿，文得好的是少数，而文得一高一低且出现红色色纹，或日久失修，褪剩浅灰色、状似蝌蚪的则大有人在，难看之余更觉怪相。美学这门学问，大有可能是人狗的审美眼光有异，但无论如何她们的审美观肯定不是我这杯茶。另外，表面看来他们不是朝九晚五的一类，生活节拍亦比一般的上班族来得慢，但对家庭和社会作的贡献却不亚于任何人，一年工作三百六十五天每日廿四小时，不问工资双粮补水、年终假期亦免费赠送，比起雇用二十元一小时的时薪工人还划算得多哩，在本地，人称她们“师奶”。“管家”虽然身型如“师奶”，还好脸上未见滑稽的蝌蚪眉。

我其实蛮想跟“巨无霸”多聊聊，然后令他再给我拿点茶点小吃什么的，无奈他却当我不存在似的，全程伴在“管家”脚边，我也不愿意以热脸孔贴人家冷屁股，所以，我决定先试试那早看上的羊毛地毯，测试一下其舒适度，合格的话就先来个好梦。

迷迷糊糊间，忽然听见“小平头”俯身叫我：“Ducky? Ducky? ！”

显然，他不是在对“管家”说话，慢着，我刚刚不是听到“管家”这样称呼你吗？我疑惑地抬眼望他。

“你瞧，她喜欢这名字哇，就让她跟我叫Ducky好了！她年纪应该比我大，叫她Ducky婆婆好吗？”老实说，就是你们叫我奥巴马、阿积士或者狄卡比奥，我都无所谓，只要给我美食，舒适床铺，再体贴些来点腹部按摩、搔搔耳朵，挑什么名字随你喜欢吧。

之后，他俩不停用新名字叫我，听他们的叫声中充满期待，我只好摇摇尾巴，表示知道了。奇怪为何人类对名字这玩意总是乐此不疲，你不见媒体总爱追访明星名人的新生儿叫什么名字吗？对狗而言这完全是身外物嘛！

“小平头”似乎对自己的慷慨赐名很满意，自此我就被命名为“Ducky婆婆”了。这名字听起来还算顺耳，“婆婆”虽然有敬老意思但亦揭露了我的年纪秘密，最遗憾的是“Ducky”听起来有点像是叫那种伸长颈子的挂炉鸭！

“Ducky婆婆，这两天我要出差，家里没有人照顾你，所以，你留在这儿度周末，之后，我会回来接你，要乖啊！”“小平头”一面认真地对我说，一面伸手拉开大门。

我心里很犹豫，“小平头”家养了患有躁狂症的大猫，简直是“生狗勿近”！女“管家”这儿有一只态度傲慢的“巨无霸”，都是典型香港特产——孩子王，这两只早被宠坏的小崽子待客之道实在不敢恭维。

我站起来走到门口位置，送“小平头”离开，他还亲切地弯下身来拍拍我的头，祝我有个愉快周末。事到如今，多想也没用，不留下来亦未见得我还有其他选择！我承认这地方比我原来居住的条件好得多——有厚毛地毯、干净水及甜圈饼，看开一点，日子自然容易过得多。依我想，上天之前选择劳我筋骨，饿我体肤，肯定是将降大任于我，所以我决定继续保持淡定从容的心态。对于自己能够拥有如此通透的狗生观，深具大将风范，不禁也开始佩服起自己来。

我做事不会得过且过，但我的简单理论是要活得顺心，就不要对这个世界太认真，“退一步海阔天空”这句话是我们老祖先的生活智慧。混了多个年头，就是再笨也不会跟自己的老命过不去吧，先活下去才有资格说将来。

屎虫大哥竟然恩将仇报，枉我养育它们多年，竟在危急关头捣乱。

第五章　尴尬虫屎

斜阳下玻璃门外的露台，正笼罩着一层灰蒙蒙的烟霞，海水变成深沉的蓝灰色，能见度下降，越晚越难看清，一点也谈不上诗情画意。我绝非是一条伤春悲秋的“诗狗”，但当实在无事可干时，确切点说，我除了小心翼翼地靠在门边拐角处睡觉，就只能在半醒的时候，学学骚人墨客那样欣赏风景。

在“小平头”走了之后，只见“管家”换上一件褪色的旧家常服，松兮兮的牛仔裤，也不系皮带，脚上踩着拖鞋，开始打扫房间。她将拖把插进水桶里，就这么湿滴滴拖起来，与其说她在拖地，我反而觉得她在地上写字。写完了书法，她便一直趴在桌上，用铅笔刷刷地写着，满台都是纸，也不知道在写什么。写到激动时，连鞋子掉了都不知道；头发不时用铅笔点来划去，拨得乱七八糟。

他们刚才聊天时，我听说她是属爬格子一族。我知道文人有个共通毛病，就是废话特多，刚才已作了最佳示范。不断传来

“刷刷刷”的写字声，像是在提醒我她的真正身份。她写得那么专注，那么投入，可是有人读她的书吗？什么人会看啊？或者她找不到其他事情可做呢？Goldie自始至终待在“管家”脚下当踏垫，每隔一段时间“管家”也会顺便用点力帮他按摩，我看到他多次睡到肚子翻了，样子非常滑稽。醒来后，便站起来将头靠在“管家”的膝盖上。

“管家”一点也没起来的意思，写个不停，看来人类要生存也不比我这条流浪狗容易啊。这时大门外传来一阵窸窸窣窣的开门声，只见一直冷着脸对我的“巨无霸”，突然兴奋地弹起来，蹦跳着跑过去，身后那毛毛尾巴高速摇动，喉头还不断发出咕咕叫声。

“Goldie！”随着声音望过去，原来是“大块头”外出回来，他放下手上拿着的两袋东西，便用力在“巨无霸”身上又揉又捏的，还用相当“疼爱”的力道紧紧抱着。鼻子告诉我他带回来的是烤肉，难怪“巨无霸”如此热烈迎上门去。“大块头”将食物放好，这大概是他们的晚餐，如果他们是典型的“无饭夫妻”，专靠外卖维生，那实在太美妙了，至少烤肉也预我一份，不用再吃狗粮吧。“管家”从她的纸堆中抬起头来，跑到厨房里端来一壶茶及两只小杯，然后坐到餐桌旁。Goldie亦胡乱在散满地上的玩具堆里头为“大块头”叼来他的胶鸡髀，即时被奖得一块法国面包做晚餐的头盘。

我留心他俩低声说过什么后，就听到“管家”叫我：“Ducky婆婆，Ducky婆婆，过来。”

我只是站起来与他们仨保持一定距离，迟疑着。面对充满优越感的“巨无霸”，我感觉不好受，现在还要面对“大块头”的冷淡？我应该摇头摆尾欢天喜地地跳过去吗？还没想清楚，“Ducky婆婆！”“大块头”的声音已经到了耳际，只见他蹲下身，用不带半丝感情的口吻说：“喂，饿吗？”但我感觉到他的眼神并不在意，他没有给我任何吃的，反而丢下一句说：“待我们吃完会立刻弄你的份儿，等一下！”大家近距离接触，让我发现，他的眼睛，耳朵，至头部都较常人的大，真是名副其实的“大块头”！

我赶紧摇摇尾巴作回应，他无疑是“管家”的另一半，所以我猜他大有可能是男主人，既然如此，还是识时务些不要得罪他，我还准备在这里吃住几天呢，哪怕心里再不情愿，表面功夫也还是要做的。

夜幕降临，厨房里不断飘来食物的香味，我更觉得饿了。但我始终拒绝像Goldie那样因为肚子饿而撒娇怪叫，或是在“大块头”身上磨蹭讨好，甚至把头伏在“管家”手臂上流口水。虽然我饥肠辘辘，但与生俱来的贵族血统还是要求讲究体面与姿态的。

终于轮到我的份儿了，“管家”把我带到厨房，让我安坐到一张毛巾上。我瞄了一眼，怎么竟然连一份烤肉也没有，只有水煮鸡肉青菜配白饭，我对蔬菜可毫无兴趣，但不吃的话又不够饱。唉！这不是斤斤计较的时候，好是一餐坏也是一餐，此刻，最重要的是填饱肚子。

我吃完最后一口，正准备坐下摆个舒服姿势搔搔肚皮，顺便舔下爪子，肚子忽然咕噜咕噜叫起来还开始猛放屁。

世事就是这样，倒霉事总会在重要的关头出现，我那不争气的肚皮竟然出状况，可能因为绷紧的神经松弛下来，肚子竟哇啦哇啦地拉了一大堆虫屎，过百条屎虫出来后还龙精虎猛地前后蠕动，把那张还散着清香肥皂味的毛巾搞得一塌糊涂，唉！这班与我共处多年的小鬼，就不能多在我肚里头赖几天吗？我可会尽力找点补品什么来给大家补补身嘛，搞出这个“大头佛”，难道非要弄得同归于尽才安乐吗？“屎虫大哥，现在不是你们出场的时间喔！”

此刻的形势令我完全陷于被动，耳际跟着传来“管家”的“哗”一声尖叫，我根本不敢抬眼看她，便立即躲到远远的墙角去，实在太丢人了，“管家”的惊讶可想而知。是夜，我被安排睡在厨房，我没有留意原先被弄脏的屎虫毛巾何时已经被换上一条干净的，关灯前“管家”对我说：“Ducky婆婆，快点睡。”还祝我晚安。

整个晚上都出奇地安静，但我就是无法入睡，带着忐忑的心情听着墙上的钟敲了五响，原来已经是五点钟，我不断想象自己未来的狗生：究竟会是什么色彩？窗外天色逐渐转白，也开始下毛毛雨，我默默乞求上天赐我一点好运，希望事情快点揭晓，尽管这有些自相矛盾，但我想快快逃离这种不确定的焦虑。究竟我的未来会怎样？会否像皮球一样被人踢来踢去？这家庭会收留我吗？回到“小平头”那里？抑或返回繁殖场的“狗叔”身边呢？真的要做狗球的话，也无权责怪这家人的决定，我深信有些事情是真的站在对方的立场才能体会。我用力钻开厨房门，到客厅走了一圈，“巨无霸”趴在沙发上，正睡得不省人事，我站在旁边，他也没有醒来的意思。

家是心之所安，对人对狗都是一样。

第六章　圣诞老人

时钟敲了八响，“管家”便爬起来，给我弄了点鸡蛋薯蓉沙拉做早餐，两种食材都不是我喜爱的，最重要的是经过昨晚骇人的一幕，我的狗生还有什么尊严可言呢？还是放弃吧。“管家”见我跑开，就埋首工作，耳际又不断传来铅笔在纸上划过的声音。我蛮喜欢这声音，它能让我的内心平静下来。上午十时正，客厅的钟当当当地敲了十响，我独自走到阳台上，外面还在下雨，有点冷，我深吸一口气，感觉肺都在打冷战。雨带有一股泥土味，不祥之感渐渐涌上心头。那十下的钟声不单划破房间的宁静，更似催促我尽快离开这临时收容所。

“管家”看到我进屋，抬起头来，跟我打招呼并说：“我们十点半起程就差不多了。”原来真的是时间到了！见她伸手把桌上的闹钟按停。对我来说，时间再没有意义，我猜想她已决定把我送走的时间，我胸口一阵憋闷，分不清涌起的愤怒是针对这个世界，还是针对面前这个女人，只清楚感到越来越悲伤。锁上铁闸的声音，从单位走廊楼梯向上下左右扩散，我默默跟这个地方说：“再见了。”

坐电梯途中跑进一个染金发的年轻女生，女生的两只耳朵，打了无数耳洞并戴着大耳环。一见到我不其然后退两步，显出非常警惕的眼神。她的表情显然在说这怪物从何走来啊，“管家”下意识地踏前半步给我作保护，我感觉眼睛下面的肌肉不知为何抽动起来，心想如果逃避有用的话，我马上就找个地洞钻进去。

不用半小时光景，车子在一排小店前停下，远远就闻到一股刺鼻的消毒药水味，这气味叫我太熟了，每次生产前后，我的周围必然充斥着这种消毒剂味，“管家”不是以为我又怀小孩了吧！推开诊所的玻璃门，头上的铃铛叮当作响，室内冷气充足，刚进门就感到一阵凉意袭来。我俩待在候诊室，看着进进出出的动物，有一些坐在笼里面，有些跟我一样呆在座位的一角。我向他们的主人行注目礼，他们表情复杂。坐在我对面的中年人眉头紧皱，表情带着几分忧伤，他把一只双眼已浑浊得像死鱼眼般的老猫放在自己膝盖上，直觉告诉我，老猫命不久矣。突然坐在我身边的男生发出一连串的怪声，我抬头一看，原来他像小学生一样地用吸管去吹杯底的冰块，见我望向他，便乘机冲着我挤眉弄眼。

大概等了十来分钟，我俩被招呼到另一个房间去，未几，敲门声响起。随着一声略带沙哑的“hello”，门开了。进来的女生约二十五六岁左右，瘦削身材，随她身后，一个头发稀薄的男人，双手插在白大褂口袋里，面带微笑，他迅速环顾了四周，像看家具似的把视线停在我身上，只见这人头发胡须已斑白，五十来岁的样子，脚上是一双擦得光亮的皮鞋。他一张圆鼓鼓的脸像“圣诞老人”。

这个叫Dr. Ian的“圣诞老人”给我作了全身检查后，以犹如旁观者的淡淡表情望向“管家”，不带感情地说：“我建议你不要收留这只狗。以她牙齿状况来判断，估计起码已有十二岁，一般而言，狗应该有四十二颗牙齿，现时她只掉剩两颗，情况亦已经到了补无可补的地步，而且，她经历过最少十次或可能更多次的生育，我敢肯定她是来自繁殖场的。至于她的体重跟同龄、同品种的家犬比较只到六成多，完全不合乎正常比例，一般的家犬是不会瘦得这么厉害，这些都只是我从对她的表面观察中作的判断，要彻底知道可有其他潜在问题，有待验血报告后才能够清楚，观其健康状况，应该不适合收养。如果硬要把她带在身边，容我说她不单需要特别照顾，也说不准还可活多久。”

“圣诞老人”还强调说：“除了需要加倍关注和照料，毫无疑问，一笔可观的医药费用亦会随之而来，请你有心理准备，或者你还是先认真考虑清楚。”我实在气炸了肺，“哼！‘圣诞老人’不是应该给大家带来欢笑吗，你就不能避重就轻地说一下就算吗？你的话完全不留半点余地，这份厚礼我真的无福消受，你大可以省掉。”最气愤的就是肚里的屎虫哥儿们，枉我平时待你们不薄，偏偏在需要大家出来站台时，全溜得无影无踪，这些毫无义气的家伙，看我何时把你们消灭掉。

听过“圣诞老人”的嘱咐，“管家”傻傻地呆在当场，我不能判断她究竟决定接受还是放弃我，但观乎她的反应，已不用多说了，她来这里之前根本从未考虑过我的状况会这样坏，将心比心，我早已溜到老远，或者是我高估了人类的反应能力，“管家”竟像呆瓜一样完全沉默下来，只余一面难过。

毫无疑问，无情的现实正逐步迫近。不管我怎么否认，不管我怎么乐观相信奇迹出现，我还是看到一股超级的命运龙卷风，向我直冲过来。未见医生之前，还心存侥幸觉得霉运不会硬缠着不放，深信很快就可以在黑漆隧道的尽头见到曙光，原来这只是一相情愿，我对自己的不济感到相当失望和气愤，我似乎陷入了一种前所未有的悲哀，身心转瞬间变得十分迟钝。

为何生命总是充满波澜？一刻前还得意非凡，转眼就垂头丧气。或许这就是所谓的“狗生”吧!

我心里很清楚自己的情况，跟人家里头那只傲气十足、充满优越感的“金毛巨无霸”相比，我简直是“老残游记”的主角。莫讲要给别人添烦添乱，单是不菲的医疗费还不叫人却步，这世界上哪会有自找麻烦的笨蛋!用呆滞眼神望着我的“管家”，精灵如我，也想不出该对她做些什么来安慰她，我已准备好离开诊所后跟“管家”道别，在街角位置好了，唉!送君千里，终须一别，我尽量以轻松平常的眼神望她，毕竟她给我好好吃饱过，有缘再见吧。

偏偏当你不执著于输赢的时候，运气便会回来，她居然重新抬起头来向“圣诞老人”说：“无论怎样，还是请你先帮她杜虫好了，其他事情，迟一点再决定吧。”更没料到，“管家”竟又把我带回家。一切恍如做梦，如果以连环图来表达我此刻的心情，请用钢笔画我跳起两尺，大叫“太棒了!太好了!”吧。

回家之后，一副大少模样的Goldie走来向我抛下毫不友善的眼神："你怎么又回来了？"然后毫不掩饰地板起面孔。我本准备回敬他几句："是'管家'决定带我回来的，你这小鬼的冷眼到底有完没完啊，懂敬老吗？"话到嘴边，突然记起座右铭："忍一时则风平浪静，退一步则海阔天空。"便硬生生地把要说的吞回去，有些争论注定是没有结果，说了都是白说。

"管家"见他一脸不快，跑来哄他："Goldie乖，一起做曲奇饼吃好吗？"

看来，"金毛大少"显然很喜欢这种叫曲奇饼的东西——尽管我从没听过，更没吃过。因为他一听到这两字就立刻雀跃起来，舔舔嘴唇一脸高兴地跟随着"管家"跑进厨房，丢下我在客厅独个发呆。

我也乐得安静，跟这九零后说话还不是对牛弹琴，何必多费唇舌。我信步到露台看风景，未几，空气中传来牛油的香味，这气味我曾在路上的面包店闻过，对，一定与吃有关。真香啊！我活到这把年纪，从未尝过这些东西！待“管家”把几块烤得金黄的曲奇饼放在我面前，我战战兢兢嗅了一下，抬头看到站在我对面的Goldie，口水已经像鞋带一样，长长地挂在嘴角，没想到这位看来威风凛凛的“金毛大少”，对着几块小饼干，居然如此失态！连“管家”也有点不好意思，赶忙端了另一盘给他，还笑着替他解说：“Ducky婆婆，Goldie这孩子是有点馋嘴，其实他的性格也挺温驯，过来，试试味道如何？”

过去我一直在繁殖场生活，食物只有又干又硬的狗粮，后来我因生育过度钙质流失，牙齿差不多掉光，连狗粮也吃不下了，“狗叔”就放我出去，开始了漫无目的的流浪生活，曾经多天没有东西下肚。今天，品尝着我狗生里第一块出炉曲奇饼，那种美妙的滋味，令我天旋地转，我想，这大概就是否极泰来吧！

谋事在狗，成事在人，凡事尽力而为，能否成功自己也控制不了。

第七章　非客非主

周末很快过去，送我来暂住的“小平头”应约回来，星期日一早起来，我引颈以待，期望他出现。傍晚时分，他头上戴着一顶鸭舌帽，一脸疲惫，拉着拉杆行李箱来到。

开始的时候，“小平头”跟“管家”又是客套地寒暄着，话题围绕着电视和体育节目，大家的说话内容像树枝一样四处伸展，无边无际，又像置身水中的鱼儿，间中弹出水面，这种跳跃思维及谈话方式，叫我难以捉摸他们下一个话题究竟会是什么，对我而言，既没有统一性，也没有中心。说着说着我突然听到他们将话题转到我身上。

但见“小平头”不断皱眉，像是在寻找合适的措辞，抬头望着我，再低头望着自己的手，抬头、低头、皱眉这连环动作来回做了四五次后，终于，他深吸一口气，用下定决心的语气向“管家”说：“你知道我家一直养了只肥猫小虎，单是体形已经比Ducky婆婆大上几倍，小虎平日都算温驯，但对狗就不太友善，还有点凶，那天Ducky婆婆刚到我家，若然不是我及时带开肥猫，她大概亦逃不过小虎的魔掌。你知道我属自由工作者，开工放工时间不定，如果要出差，随时三五七天不回家，忙的时候能把人忙死，闲的时候又能把人闲死，收入不稳定，还有你刚才提到医生的诊治费用，加上她又要特别照顾等问题，坦白说，我实在无能为力。如果你决定不要她，唯有再找找看有没有其他人愿意把她收养下来，或者送她到爱护动物协会去碰碰运气好了。”

说话的时候“小平头”把头垂得蛮低，加上他头上的鸭舌帽，我根本就看不到他的正面。表面上“小平头”在跟“管家”商讨问题，但不知为何我却感到他在自我催眠，像不停地喃喃自语，我突然发现眼前熟识的那张脸不是疲倦，而是囧。我越听越觉得难受，为了看清他的脸，我故意走到他面前蹲下来，从下而上望他，我盯着他的眼睛想，今趟真的完了。事实上，这去留问题这几天我也翻来覆去想过无数遍；世界又怎会那么理想，给我无端找上一户愿意收留我的人家，我可预见很快就被扫出门外，“管家”尽其量让我多吃一点，就要我上路吧。

见“小平头”说个没完没了，“管家”像任由他发泄般，让他直说下去，没有半点插嘴的意思，久了，只见她一边的眉毛翘了上去，表情好像在说“什么理由会越说越多呢”。终于“小平头”把要说的都说完，我被“管家”那充满苦涩的声音拉回现实：“可是，依医生的说法，因为她已差不多掉光了牙齿，每日三餐已经不能再吃一般的狗食，单是食方面就需要特别关照，体重又不正常，看她的现时状况，我想你其实很难找到另一个愿意接收她的家庭吧！至于把她送往爱护动物协会，愿意领养她的，恐怕机会也同样近乎零。大概你也曾听过爱护动物协会在一段时间内对无人领养的动物进行人道毁灭，你看她的状况，连医生都建议弃养，送她过去根本是死路一条，你就没有想过吗？”“管家”越说越激动，好像要她送走Goldie似的。说罢她咬着嘴唇，无力地垂下头。

朋友相识一场，人家十年不逢一闰开口求救，才勉为其难在周末帮忙照顾你送来的孩子，总不成事后把他丢下还要别人负责供书教学到博士学位嘛！以为逃过了一劫又再来一劫，其实危险还在后头。

“小平头”终究决定放弃我。虽然，或多或少令我感到有点狗生沧桑，无可奈何，但他的决定是可以理解的，况且他也算是“恩人”，我又怎能对人家心生怨恨。“管家”以机关枪的速度噼里啪啦把他数落一顿后，“小平头”毫无还击之力，像只泄了气的皮球，低下头偷眼看我，仿佛期待我的谅解。事情到了这田地，我实在无计可施。我趴在地板上，把头也贴伏下去，微闭双眼，装得若无其事。内心却控制不住地颤抖起来，血液都涌到了头顶，静候命运之神来带我走，此时此刻我又可以怎样？

静默的空气沉重得令人窒息。只有Goldie悠然自得地在大厅里闲逛，时而从客厅步入睡房，时而跳跃上沙发给大家展示敏捷身手，或在“管家”身边团团转。

“算了算了，先把她留下，再慢慢想办法吧！”最后“管家”让我留下来，我当然了解人家的不情不愿，所以我一点也没有预期的兴奋。当晚我非常没瘾地走回厨房，躺在小毯上，一夜未能合眼。

无论何时何地，我都可以照样倒头大睡。

第八章　有人欢喜有人愁

人类有一句“有人欢喜有人愁”，哈！对我而言正确的说法应是“有狗欢喜有狗愁”。今次，欢喜的不用说当然是我，愁的就是金毛犬Goldie。相信我，原来风水是真的会轮流转的。

自从我正式搬进来后，Goldie把所有“家当”全部搬进一个叫书房的地方。然后就独自躲在里面看守他的小金库，拒绝与家人联系。只在每天的用餐时间，大摇大摆地出来看看大厨为他准备了什么，饭后又会再躲起来。实际上，我也不知道他独个儿在书房里做什么。每次与他狭路相逢，他总会抛下“你究竟还待到何时？”的冷漠眼光。

“唏！流浪生活挺浪漫，我建议你不妨独自到郊野露营两星期，体验一下富有意义的野外生活喔！你只要决定好出发日期，我会非常乐意为你安排行程路线，你大可放心享受，相信我，挺好的。”我当然不会傻得将以上的话复述给“大块头”听，神经病么！

现在这里定时给我喂食三餐，居住的地方安静又安全，不比流浪街头，被昼伏夜出的动物吵得片刻不得安宁，还记得在那些辗转难眠的夜晚，我经常梦想着有一天能一觉到天明。今天给我梦想成真，换成你，我也会让你赖下去！

凭着屋里四周的气味，我知道Goldie的版图就是整个房子，因为我的出现，他的领土突然被缩小到书房位置，既然这笨蛋蠢得自我放弃，局限自己在书房里，我亦乐得测试一下他的耐力，看他可闭关多久。

用人类财富的角度来衡量，Goldie绝对是富翁一名，虽未至家财万贯，但肯定属有家底一族。而我这个视富贵如浮云，潇洒生活的，跟他比较，就像来自不同的星球。

就拿玩具来说，他拥有数不清的不同品种，包括让他保持脑筋灵活的寻食物玩意；有游水用的塑胶鸡髀，还有什么汉堡包、甜圈饼、绳球等等，总之，不同种类配不同时间、不同场合的需要，跟女生的百变服饰一样。

人家说的万千宠爱集一身，一点也不夸张，我就多次目睹来访客人给这条“金毛大少”送来大盒小盒，由吃到玩的真的叫我大开眼界。简直跟人家的独生子一样，所以我叫他“金毛大少”一点也不算过分嘛。

据说人类管教子女一点也不容易，尤其是独生子女，要教导他们如何与别人分享，简直是拉牛上树。今时今日，这情况延伸到四脚动物身上！

这“金毛大少”的所作所为与今天的年青一代也不相伯仲，比如，遇上困难总不会咬紧牙关，想方设法坚持下去解决问题。我不时听到这些年轻人遇事解决不了便轻生自杀，哗，换成是我，大概已经死了十遍八遍，自寻短见绝对不是我会挑选的解决方法，我对自己坚毅的生命力非常骄傲。

两个月过去，Goldie对我的劣行变本加厉，“管家”越发看不过去，但总拿他没办法，“管家”像复印机推销员一样循循善诱，几乎每天都向大少唠叨三四次，劝他对我要以礼相待，但他就是不改，越来越没精打采，整天价地苦着脸，一副天塌下了来的模样。为此，“大块头”和“管家”吵了好几次。

又一段小心翼翼的日子过去，Goldie有时候借找东西或吃点心喝水之类的活动，从书房里出来的次数增密了。留在大厅与我共处一室的时间渐渐地长起来，虽然他还是刻意与我保持距离，但气氛总算有缓和迹象。

我真是愚蠢透顶，还以为我们的领土纷争已经解决，暗自庆幸“金毛大少”可能妥协，面对现实接受我时，他却突然来一招抵御行动升级：拒绝上班——Goldie五年来每天都跟“管家”一起上班，自我来到后，他的自我防卫意识逐渐增强，为了看守自己的财物，开始不按章工作，再升级至无限期旷工。“大块头”看在眼里，认为没有必要令这位“大阿哥”的情绪如此压抑，坚持要我离开这个家，就这件事情，两老各持己见，往日的和谐家庭一扫而空，大家都感受到摩擦僵持的气氛不断蔓延。

在这事情里，虽说我是当事人，但偶尔让我插上一两句嘴的机会也没有，基本上只能全程做听众。“管家”多次尝试以“公平”理论来游说对方，开始的时候，“大块头”还会参与讨论，到后来他干脆直截了当说：“这个世界满是不公平，不要再说了。”说完，总会板着脸给我抛来一个清楚不过的眼神：“都是你这个‘易请难送’的无赖！”

他的话落入我的耳中，我的心情也跌至谷底，为什么两人看同样的东西，价值观却差天离地。

每当“大块头”不高兴了，“管家”总会不是味儿地带我跑到书房去，见我走进书房，“大阿哥”会二话不说转到“大块头”身边。表面上，“管家”会打开稿纸摆出一副开工的架式，但我看得出她心不在焉，有时甚至会望着桌子发呆发上一个钟头，稿纸上就连一个字也没有，偶尔她会抬头望向我说上一两句话："来点音乐好吗？"

看着她的侧脸，我脑海里浮现出"不公平！"这个词。其实"大块头"说得蛮对，这个世界根本没有平等。有人拼命干活，到头来也没法拥有自己的一砖一瓦，有人则可以豪掷七万元一平方英尺买过亿豪宅，平等？人类也没有平等，更不消说动物了！

我看，一时间"管家"亦无法说服"大块头"接受我，唯有使出拖字诀敷衍他："好，好，好，我会找可以收留Ducky婆婆的朋友，找到了就尽快送走她好了。"听着她这样说话，我自然无法释怀，我下意识地数算着余下来的日子。是我令她的处境难堪，要送我走，我怪得了谁。甚至也不怪"大块头"和Goldie。我今天之所以落到这般田地，都怪那个"待我以诚"的老拍档，用完即弃。都怪我没有一早认清人家的真面目，经历狗生这么久，都还没"开窍"，也是活该！人类说"可怜之人必有可恶之处”，我是只可怜的狗，我肯定也有可恶之处。只是，谁能告诉我，应该怎么改正呢？

最初，我就是这样信以为真准备随时被人送走，无聊的时候都会偶然自我检讨、思考一下，想想该如何改正。日子一天天地过，总未见有任何行动，不禁觉得情况有些异样。

有一天趁着Goldie与“大块头”外出，“管家”悄悄地对我说：“Ducky婆婆，你想留下来生活，看来要变得醒目些，Goldie是小孩子脾气，闹闹会很快没事的，重要的是你一定要想办法让身体恢复健康才行！”

可能是否极泰来，原来，“管家”从不曾打算把我送走，只是为了顺顺“大块头”和Goldie的气势，她要用时间来感化他们，要顽石也点头。也许那“大块顽石”会迫不得已而点头，但那不是诚心诚意啊。尽管我不知道她的信心从何而来，但看来她今回又不太像傻瓜呢。

“怎样才能变得醒目些呢？”这个问题很实在。我想首要是摆脱医生，摆脱那说话毫不留情的“圣诞老人”，要摆脱医生，先要把身体调好，健康越拖越坏，等到病入膏肓，以后不想黏着医生都难。我一定要尽快把病魔赶走恢复健康，“大块头”不接受我的主因，除了Goldie不高兴外，就是这个问题。

至于准备实施的B计划，就要重新想清楚，很快一个星期过去了，想了又想，连头皮也抓破，还是一筹莫展。这段日子里，我每天大概用上十五分钟去思考这难题，其余的时间我都爱倒头大睡，在醒来的时间，我最爱跑到厨房检视一下四周可有掉下的食物残渣，饼屑之类，到客厅的羊毛地毯练习“滚地葫芦”，到阳台观察蚂蚁、昆虫的行为，又或者重新铺了铺屋里的小地毯等，以显示我对家庭的关心。

看我多厉害，连“金毛大少”也变成了我的私人浮床。

第九章　变醒点儿

我发现“金毛大少”有一个很厉害的本领，他可以准确无误地叼住任何一样两老要求的东西。比如，“管家”说：“叼鸡髀来！”他立刻可以轻而易举从门的角落，沙发的座位后面，又或是茶几下迅速把东西叼来，绝不会弄错。

我知道他对这表演颇为自豪，这小伎俩倒也讨得两老不少欢心。对我来说这不是什么超班本领，叫我奇怪的反而是他的记忆力，突如其来要人家去找东西，鬼知道这些无聊玩具丢在哪儿！我一天的工作繁重，当然不会为这些浪费心力！不要忘记，我还有更重要的事情要处理，对于小崽子的怪行，我的解释是这大概是他唯一可以办妥的事情，所以我才不用大惊小怪。

我不断搜寻机会。发现这家人犹如有洁癖一样，什么吃剩的果皮，零食袋包装，内衣裤袜子之类，人家随手丢到地上的东西，他们偏会藏起来，你说奇怪不奇怪，一样米养百样人果然有它的道理，日子久了，对他们的古怪生活习惯也见怪不怪。皇天不负有心人，终于给我找到表演的目标，就是两老的拖鞋。虽说只是轻便的胶拖鞋，但不论尺码和重量，都有颇大的分别，女的尚算正常，但男的根本是两条龙船长度的物体，也不知道他如何穿着它走路。都说了，那男的是一名怪人嘛，怪人自然就生有怪脚，多见就不会觉得奇怪。事情是这样的，有一天我睡午觉后起来，做毕“滚地葫芦”，因为外面下雨，阳台的门被关上了，我不能到外面看蚂蚁搬家，只有待在屋里头，忽然，眼角留意到“管家”的拖鞋，我抱着不妨一试的心态试叼着它，竟给我发现我不单可以叼稳还可以走上三四步，哇！感谢老天喔！大家不要以为这是易事一桩。假如你没有牙齿，全凭合紧嘴唇，去叼一件尺码几乎等于你身体大半长度的东西，你能做到吗？反驳我之前请试试看！

当我发现了这可行的计划后，我开始不断练习，为“大日子”做准备。我不断苦练皆因明白行走江湖自我增值非常重要。

话虽如此，知易行难，真的练习起来殊不容易，第一天下来，我只能勉强叼着走四五步，加上我流出来的口水，鞋子很容易就滑落地上。当天晚上，嘴巴麻木得连吃饭都困难呢。

“金毛大少”对我的练习感到很奇怪，他显然没有想过我苦心经营背后的原因，每次我练习，他都会跑到角落，蹲下来用心看着我像看马戏团的猴子表演，看他没有走来捣蛋，我也乐于让他开开眼界，练习了一整天，面颊两边累得不得了，嘴巴也差点张不开来。饭后，Goldie再来表演他的“叼功”，乐得“大块头”哈哈笑了整晚。跟所有父母一样，子女的表演不论是如何的无聊白痴，再烂再差，都总会被看作一级天才甚至超资儿童。我就亲眼目睹过一个女孩向到访客人炫耀拉小提琴，哗，我简直以为有人在隔壁杀鸡哩！她的父母还一副听得如痴如醉的模样，我恨不得请她到后门口，去垃圾桶为蟑螂表演，当然如果这小鬼愿意与小动物分享口袋里的糖果，那么，大家当然会更加高兴，听众数目亦肯定倍增！想到这里，我几乎要笑出声来。

集中心力练习的效果果然不同，第四天我就能很稳定地叼起小拖鞋走二三十步了，令我信心大增。特别是想到我的表演将令他们大开眼界，就练得更起劲。后来更发现我的速度与准确度比起Goldie，毫不逊色。

还记得我第一次的演出，是在我练习到的第五天的晚上。“管家”惊讶得连话都说不出来，只一个劲儿地睁大眼睛盯着我看，显然，她看到我坚韧的一面，从她的眼神，我清楚看到“认可”两个字。“大块头”更蹲下来认真看我，这是我第一次坦然自若地回望他，我看到他眼神里除了一丝意外，更多的是一种“灵光”，这“灵光”将会令他重新思考我们的相处之道。对于他的冥顽不灵，我当然领教不少，我向上天祈求，但愿今次的“灵光”可以启迪他，擦亮眼睛看清楚我这“蓝血狗”艰苦经营的一番心思。

跟这“爱登氏”家庭生活几个月来，我特别留意“大块头”的举动，只有知己知彼，才能百战百胜。依我观察“大块头”好像没什么能耐。很多次我看到他想试着做一些园艺或是修理家里的东西，最后总是受伤，半途而废，不是被钳子、木槌弄伤了手，就是让热水烫了，脚趾被重物砸了，或是将杀虫剂喷到了自己眼里，最糟那回还被强力胶粘住指头，要找医生处理。

讲起泳术，我绝对比Goldie精湛，它遇溺一样的泳姿，让人实在不敢恭维。

第十章　运动

如我所料，对于我所付出的努力，两老颇为感动。“管家”更趁机用她那三寸不烂之舌，重复我的悲惨境遇；什么营养不良啦，什么居无定所呀。另外她还附加了自己的个人观点，加油添酱说我惨不忍睹的外貌，说起我身上突出的肋骨，牙齿掉得八八九九，再无悉心照料，恐怕危在旦夕，等等，“管家”显然执意将我留下。

“大块头”霎时的感动归感动，却不足以改变他送我走的决定。即使我努力表演了三个月，也不能改变他那顽固的想法。我实在别无他法，唯有见步行步。对我来说，这个自以为很理性的人，不肯轻易改变立场，更不会贸然感情用事，真是难缠的家伙。

不知为何来到这个新环境后，我总会无故呕吐，严重的时候更会上吐下泻，不论我如何努力用尽各种方法，这些捣蛋鬼说来便来。每次事发之后，“大块头”就更加不耐烦地向“管家”

发炮："看！又来了，快将她送走！若然她是传染病带菌者，害Goldie染上了就麻烦啦！"

发病的时候，我其实很痛苦。但听"大块头"这样讲话，我反而提醒自己要更坚强。坚信大任将至，劳我筋骨，倒霉日子终究会成为过去，而深信每一次的劳我筋骨将会令我更有智慧。不过眼下，智慧却未见出现。

这时好时坏的情况持续了大约一个多月后终于有了改善。其间进出了Dr. Ian的诊所三四次，差不多每隔四五天就要返诊所复诊，记得在这段日子里，每餐均要吃上几种药片，"管家"总爱把它们混到食物去，像骗小孩吃药一样让我吞下药片。狗和人不同，我们的嗅觉灵敏高你们百倍，她把药丸藏到我爱吃的香蕉里，以为瞒天过海，其实我乖乖吃下，完全是因为知道药物对我的身体有帮助，你总不会以为我是笨小孩吧。

说起来真的不可思议，我从小便吃狗粮，都吃了大半生，都是这样地过日子。自“管家”改变我的膳食后，身体不单变得越来越有力量，连毛发毛色也有明显改善，这是我以往从未想过的事情。

我的膳食从狗粮改作了新鲜食物，包括鱼和肉类、蔬菜配饭或薯蓉，便餐有番薯或南瓜曲奇。来了不久后，最后的两颗牙齿因被蛀得厉害也要拔掉。脱掉了烂牙，困扰我已久的牙痛问题亦迎刃而解。没有牙齿所有的食物都必须用搅拌机磨碎后，再蒸软煮熟。维生素C、纤维帮助我排毒，是每日必需，但因为肠胃长期不好，较硬的品种可免则免，西瓜、火龙果、木瓜、芒果等都要先用搅拌机打碎。不能像Goldie那样随心所欲地吃。

老狗跟老人一样，要少食多餐，每三至四小时给我进食一次小食。日间活动时间较长，进食分量较大。要避免在正餐前后喝大量流质或吃“零食”，一天的餐单包括：

早餐：鱼肉拌麦皮

午餐：鸡肉和牛肉，瓜类配菜饭

晚餐：碎牛羊肉配胡萝卜青菜

我对这么丰盛的饮食还真有点不太习惯，以前在繁殖场，当然欠缺汤水、水果、蔬菜等，对纤维食物亦毫无概念，便秘毛病就像讨债鬼动不动就来缠住我，肚子会经常像被堵塞了的“下水道”一样。来到这里后，发现这家人很奇怪，给我的零食品种蛮多元化，包括番薯、南瓜、胡萝卜、香蕉等做成的曲奇，我称之为“怪吃”。起初，我对这些奇怪组合一点也不感兴趣，味道不好嘛！偶尔吃一口聊表谢意便算，毕竟看到“管家”在厨房里弄上半天，总不好意思拒人于千里。然而，我发现“金毛大少”却吃得津津有味，还要争着吃呢！我暗暗自忖：这馋嘴鬼从早到晚吃个不停，总不会饿得要争着吃，当中一定暗藏玄机，大概我也应该认真试一试。

我最讨厌切成条状的杂菜盘，味道比狗粮更淡而无味，然而，奇妙的事情发生了，只要吃过绿色食物，长期困扰我的肠胃问题就会消失，试过几天停下来不吃这些“怪吃”，肚子总觉胀胀硬硬的，完全没有食欲，还间中感到腹痛，总之，就是感觉不自在。没有多久我便发现“怪吃”原来是“讨债鬼”的克星。而令我更高兴的是自己的悟性这么高，我真的为自己感到骄傲！

便秘对我而言顶多是自身的一个内在的问题，也不碍事。最恶搞的是便秘总会导致放屁连连，之前都说过，这家人最大的毛病就是染有洁癖，厌恶脏更甚于乱，厌恶臭更甚于脏。他们这些行为，在我眼里根本就不合理，这全属都市人强迫性神经官能症。无论我怎么向他们一家子解说，放屁毕竟属于不当之举，而“大块头”竟利用我这个特点，称我为屁精。这很不爽，因为一旦在这方面出名，大家一闻到异味就立刻会用怀疑的目光看我，也不管是不是我——这多不公平。记得一个冬天的夜晚，外面不停刮风，屋里的门窗都被紧紧地关起来，两老各自蜷缩在沙发的两端，看书的看书，打盹的打盹，突然间，原本美好的气氛被一枚无声无息的“毒气弹”破坏了。“金毛大少”对这突如其来的气味更加敏感，于是第一个逃到书房去，“管家”抬眼发现躺在她身边的小鬼无端跑开，便放下手上的杂志，站起来看个究竟。我努力保持镇静，装出一副茫然不知的样子，还紧闭双眼，只竖着耳朵静候暴风雨的来临。我听到了“管家”的脚步声越来越近，于是眯着半只眼睛偷偷望去，“管家”走到我身后，二话不说俯身嗅向我尾巴的位置，一切都完了，她以犯罪调查科的科学精神搜集证据，铁证如山不容狡辩。

定时吃蔬果给我同时解决了便秘及放屁问题。

我原来几乎每天二十四小时都被困在笼中，连基本活动都不行，更不要说做运动。现在就不同了，我可以随时任意起来走走，或从沙发上蹿下跳，滚地葫芦，伸展身体，当然还有我拿手的叼拖鞋，别提多自在了。

“生命在于运动”。一点不错，运动令我身心舒畅，睡眠的品质也改变了不少。胃口变得好很多，他们对我的三餐供应非常准时，而且深信新鲜空气和运动对身体的好处。每个周末都坚持带我与“金毛大少”远足两个小时左右。

“大块头”见我的健康有好转，与“管家”吵架的次数不知不觉减少了。虽然看上去他的态度还是冷淡，不过，倒没对我发脾气瞪眼睛，让我再次看到获取居留权的曙光。

闲时到海边晒晒太阳，与小朋友嬉戏，狗生至此夫复何求。

第十一章　美梦成真

“大块头”喜欢在周末的时候，穿得像个地道街坊，与平时里里外外都穿戴整齐，严肃得令人敬而远之的样子相比，判若两人。“管家”好像不太满意他的“街坊”打扮，总是有不少意见。但“大块头”根本不介意别人说什么，我行我素。放假的日子总会T恤，旧短裤，踢着一双“龙船”就到处走。

我其实蛮喜欢他的“街坊”模样，原因很简单，这时候的“大块头”心情总会出奇地好，偶尔还会给我百年难遇的笑脸。最重要的是，他穿成这个样子，就表示他将带一家人出外郊游。

郊游——这才是假日休息的王道。

对！是郊游令“大块头”变得前所未有地可爱，看来，这不单是我们的共同语言，亦是大家的共同爱好。

路上，有很多路人会主动与“金毛大少”打招呼，我发现他很有小孩缘，但我直觉得他骨子里怕死了这些动作粗鲁的小鬼。但时移势易，近来发觉越来越多称赞我的话，包括“这小黑狗很可爱啊！”更有人停下来问我年龄、品种等。知道我是一名耆老后，大家都说我看来还很健壮，身形更壮得像头小型麝香猪模样，“好可爱啊！”金毛Goldie！欢迎过来听听大家的看法。

世界太美好了，流浪江湖，连续几个星期食不果腹，睡不安寝的日子已经远去了，今天我身体健康，还能郊游远足，真叫我满足。更不用说还可以享受到一份悠然的轻松自在，此时此刻，我完全沉浸在幸福之中。

我最爱在草地上找个舒服的姿势躺下，温暖的阳光照在我的肚皮上，让皮毛吸点紫外光。对于改善干硬、脱毛的情况很有效。在太阳下晒了几次，居然发现自己的身体长出新软毛。

整个改变的过程历时六个月，我简直脱胎换骨，摇身一变成为丰满“美猪”，体重也增加了一倍多。我不自觉地想，如果碰上当天遗弃我的“狗叔”，他还会认得我吗？所以呢，大家绝不要随便看轻女性，由流浪狗变成名种猪的故事，你没有听过吧！

步入十一月上旬，天气渐渐冷起来。

“金毛大少”其实都有十岁了，事实上我们一家四口都是耆老！当然我就是耆老之首。以人的岁数来换算，狗一岁相当于人类七岁，如此类推，我就是一个年届八十四岁高龄的阿婆。

遇上天气转变的日子，一直气管不好的Goldie，会经常咳嗽，早晚会咳得更频繁。近些年，情况变得越来越严重，吃了数次西药，毫无起色，唯有改用针灸治疗。很多次于深夜时分，我都被他的咳嗽声弄醒。

他的针灸治疗已经维持了大半年左右，每周一次，施针约一小时，每次我也跟着一起去，给他打气嘛！据针灸师说，施针后，他的气管可稍稍放松，遇到冷空气时，让气管不至于收缩太严重，从而减缓咳嗽。见到Goldie这个样子，“管家”对我保暖的事情更注重。例如，冲凉后一定要立时用热风筒吹干，慎防着凉。

夏天时，周末的活动是游泳，天冷了，就会改为远足。适量的运动对四个老家伙都很重要。除此之外，“管家”严禁我们饮冻水，全部的饮食都必须是温热状态，就连水果，也是吃室温状态而不可冷藏。这种生活品质与生活方式，与以前在养殖场相比，真有天壤之别。

上班让我看尽人生百态。

第十二章　上班

有件事值得一提，就是“金毛大少”终面对现实，开始时假装出客厅踱步，但渐渐地，就真的出来了。对此我觉得很欣慰。

他终于同意回去上班了。“管家”于是带着我俩一起，加入上班行列。“管家”的角色亦从我眼中的管事，变成了“老板”。

算起来上班已经有一年了，当中见尽人生百态。不同的人对我亦有不同看法，他们的态度叫我理解到自己不是一只讨人喜爱的狗。以下的对话更听到不止一次：

“你真是有爱心哇，居然愿意收养她，与Goldie相比，我还是觉得Goldie可爱一点啊。”言下之意是：这只狗又老又丑，其实一点也不值得收留，你居然肯做这个傻瓜？

老板的反应通常都是一笑置之。不过有时也会幽对方一默：“我也又老又丑，你打算什么时候不再和我做朋友？”

这句话，让我听了很受用。每次老板这么一说，我总会立即跑到金毛犬面前，给他一个“胜利”的眼神。我一度会因为老板的支持而感高兴，终于有一天，让我听到的一番话，叫我深深反思。事情是这样的，在办公室里我最爱躺在同事们的桌下；我偶尔会竖起耳朵听听谁与谁不和，谁跟谁最讨人厌，又或者“老板”最好早点下班消失，大家就可以趁早回家不用开夜班等等。某日我又如是者躺在桌下，听到两人轻声交谈着说：“看人家给她两句赞美，她可以乐一整天，看她一把年纪总不成不知道别人说的只是客气话吧！”

对，原来赞美可以是客套，那对于人家的批评就不用过分介怀了，既然是这样，我又何须对别人的赞美与批评太过上心啊！毕竟我们应该是为自己而活嘛。

老狗就没有存在价值?

第十三章　大限将至

时间眨眼便过，还记得这天的早上，老板依时带我去见“圣诞老人”，他还是跟往日一样，穿着大白袍，我不断祈求他不要再说些不中听或放弃我的话，我如斯努力终要修成正果，总不成让你又来破坏吧。你给我作了什么检查，我完全没有异议，但我要事先声明，请你不要再胡言乱语跟我对着干。

检查过程一开始时我被盖上一条重量不轻的小被，盖好后，“圣诞老人”与护士便跑到另外一个房间去。耳际间听到“呼”一下按掣声后，护士又跑回到我身边。她边移走披在我身上的小被，边跟我说：“Ducky婆婆，X光照拍好了。”

检查完毕，只见老板一脸严肃望着吊挂于灯箱上的X光片，“圣诞老人”似乎在思考该如何解释，他一会儿看看我们，一会儿又看看片子，跟上回一样以不带感情的语气向老板解说。老板一面听，一面用有气无力的声音回应：“是的。”“我明白。”

当“圣诞老人”说到手术的时候，老板没有立即回答，只问了一句："如果手术不成功的话会怎样？""会死。""圣诞老人"用专业的口吻，自然而然说出这两个字。我呼吸停止。"我考虑一下……"老板的喉咙像被东西卡着，很困难才吐出这几个字。

"圣诞老人"说需要尽快把我肺部附近和卵巢的癌细胞切除，如果开刀后发现有其他坏组织，就要视乎当时情形再作决定。这对老狗来说是个大手术，姑且不谈手术成败的可能性，就算只考虑体质都已让人担心。

从他的口气听来，他似乎是在谈已经药石无灵的癌症末期，与其勉强治疗造成痛苦，不如就这样让我好好地走，可能更合适。听过他说明，老板看起来非常沮丧。支付诊金的时候，坐在前台的护士再次关照："如果决定做手术的话，请尽早联络我们，拖久了情况可能更坏。为避免再排期轮候，手术暂定于下个星期三早上九点。要是最终决定放弃的话，也务必尽早通知。"

但见老板拿着钱包的手停在半空，正当泪水要溢出前，她努力眨了几下眼睛，尽管控制得了眼泪，却还是忘记了苦涩的语调："知道了，谢谢。"

真正让我意识到事情严重性的，是"大块头"居然特地赶了过来，看到他为了我神情紧张的样子，我了解到这次的手术不是开玩笑。在回家路上，气氛非常压抑。"大块头"一直追问情况。"醒不过来？怎么会醒不过来？""大块头"几乎是乱问一通。

老板不时从后视镜望向坐在后座的我，眼神在后视镜中看起来意味深长。

我在车的后座，只听见她断断续续地说：

"Dr. Ian说先要决定是否让她做手术。"

"如果决定做手术，时间定在下星期三早上九时。"

我伸长脖子屏住呼吸听着，全身紧绷，仿佛意识到了自己的命运。听到老板复述我的事，心像灌了铅一样向下沉。一路上都不是在想怎么办怎么办，而是处于一种完全无法思考的空洞状态。

癌症？做手术？手术以外果真是别无他路吗？一股巨大的不安像雾一样向着我迸发。待了很久，老板不再说话，我以为她已经把要说的讲完，她却突然又再开口说：“医生说她这把年纪，手术的风险相当高，随时有可能对麻醉药产生不良反应。即是说，有机会无法醒过来。再者，因为癌细胞分散在身体内四个不同地方，依附在肺部位置的，最是危险。手术后有可能要留院观察。两万元并未包括留医、往后的药物及复诊费用。医生要我们先考虑清楚是否愿意花这笔钱。另外，就算一切都理想，以她的高龄，不能保证她还可待上多久。说到底，就是要我们有心理准备，情况可以更坏。”

说罢，老板完全沉默下来，扭过脸望向窗外的景物。车内飘荡着柔扬的音乐，但对我来说却起不了舒缓作用。还是“大块头”较我俩镇静些，为了把沉重的气氛强行变得轻松点，他趁着两人交谈的空隙，竟然扭过头来向我做鬼脸。

跟着整整一星期，两老埋头收集和调查了很多关于狗只患癌症的资料。他俩始终无法认同医师“不值一试”的想法，两人认为说不定手术会成功，坚持只要有百分之零点一的可能性，也绝不放弃。我当然没有能力写一本安抚他们的书，不过，我对那些排在书桌、沙发、床头的书的作者们，发出由衷感激之情。我还记得这是一个孤寂的夜晚，望着两老的侧影，即使即将离我远去，我还是感到一丝温暖。

一贯以家中“大阿哥”自居的Goldie——其实他比我年龄还小——自我从诊所回家以后，仿佛嗅知我得了重病，竟然用起同情的眼光来看我。这“无故”的改变，叫我突然想起曾经看过的一个英国医学电视节目，当中讲述一项新的研究成果，发现了狗的嗅觉灵敏度比人的要高出一万至十万倍，癌细胞会释放出有别于健康细胞的气味分子。因此，医学研究者推论出，狗在判断这症状方面，可能比仪器来得更灵敏。而经过训练的狗只，甚至会在癌症患者面前蹲下或躺下。

然而我却完全嗅不到身体有什么异样，是因为我从未经过训练吗？若然这个说法正确，那Goldie对我作出的反应又应如何解说呢？

我不断苦思，上天今次降下的超级大任，恐怕我没法挨得过了，以为临老抽得一支“上上签”可以享一下晚福，谁知这签吉中带凶，看来，生命正进入倒数阶段了。

正如人类面对疑难找不到对策时，都会祈求苍天，我等凡狗俗犬自然不会例外，“老天爷，我诚心忏悔，狗生在世，但求三餐一宿，日后不再跟‘金毛大少’斤斤计较，决不食言，请再给我多一点时间！”

我相信不论何时何地，都要保持盼望。

第十四章　超级大任

对人来说，五十岁之前是“人欺病”，五十岁之后是“病欺人”。同样对狗来说，五岁之前是“狗欺病”，五岁之后则是“病欺狗”。

一般而言，母犬虽然每年可以繁殖两胎，但生育过密，对母犬和幼犬的体质都有影响。根据母犬的年龄和健康状况，每两年繁殖三胎或一年一胎比较适宜，而超过九岁的母犬一般不宜再繁殖。

年轻的时候，我在繁殖场肩负生小狗的责任。为了让我做一个“多产妈妈”，繁殖场不断替我注射荷尔蒙，也就是说，以注射激素的方式来增加我怀孕的机会。据Dr. Ian估算，我大概已经有十到十五次的生育经验。如果以平均一胎生六至七只小狗来算，今天我无疑是“儿孙满堂”。

很多时候，人类总会创造一些奇怪的借口。例如，说狗是活在当下的，也就是说，狗不会记得过去的事情。眼睁睁看着手足亲人一个个离去，我的感受如何？就是欠缺灵长类动物的智慧，也会感觉寂寞凄凉，所以，如果不是遇上这户人家，要我信任人类，简直是做梦！对于做手术这事，作为一只狗，我其实处于被动状态。我曾经想，如果过去我不被当作“生育机器”，今天是否可以避过这劫呢？

世上莫名其妙走衰运的人多的是，我正是一个好例子。此刻，我一边为命运的多变而生气，一边鼓励自己要化愤怒为力量。我一直认为自己是只很乐观的狗，遇事从不会怨天尤人。但事到如今我只可以用人类佛家思想来演绎，所谓有果必有因，大概我前生作过孽，今生要来还债。债还清就好了，手术这劳什子东西，恐怕也是前生欠下的债。

在日常生活里，很多失败的个案都是因为沉不住气，遇上不如意事即暴跳三丈跟人家火并，或二话不说收拾行装走人了事，到头来取得胜利的往往是死守不退待到最后的一人。如果你不相信我，不妨放眼看看身边的企管人员。大多不是最能干的，而是那些耐力过人坚持下去的，留到最后的，可以升上更高位置。所以，我的论点是只要撑下去，挨过这倒霉日子，晴天总会回来。我不断叫自己抱乐观态度面对，但始终不能制止自己去想，在老板怀中离开这个世界时的那种悲伤与不舍。

秋天的阳光从云层里射出耀眼的金色。我一早就起来了，坐在通往阳台的玻璃门前，任清风拂脸。据说今天要降温，不过现在却丝毫没有迹象，一切都很平静。

我从没有像今天这样留恋尘世。今天早上，我要做一个大手术。

两老起来后，忙得像抽开线的陀螺，一圈圈，一圈圈地满屋子转。看似有条有理，但他们不期然在眼角流露出的紧张，可给我看得一清二楚。

Dr. Ian从桌上拿来一支笔式电筒般的东西，按下开关照向我的眼睛，慢慢地，世界远去了。耳边依稀传来护士的声音，她在呼唤着什么。声音一度小得听不见，又慢慢变大。她在叫我的名字，我猛地睁开眼，灯光太刺眼，立时赶紧闭上。

手术醒来，我看见一片发白的天花板。房间四周都摆满了仪器，我像个小木乃伊似的躺着。凭着四周传来阵阵的药水气味，直觉告诉我这儿不是自己的地方。我努力搜索着所有感官指示，试图弄清楚，现在的自己究竟是活在原来的世界，抑或是去了另一个空间？

我微微转动眼球，发现置身在一个铁笼里头。这儿该不是停尸间吧？手术前的记忆还在逐步回复中，现在究竟是梦境还是真实呢？像梦醒了，但又似在黄泉路上。冷不防门口传来开门声，我扭头一看，可一转身就碰到了伤口，那一阵剧痛把我拉回现实，我这个差点儿去向上帝报到的苦命狗，原来又回来了。

我还活着！在刚才扭动时引发的伤口疼痛中，我忍不住流出了快乐的泪水。上天果然听到了我的祈祷。我望着进出房间的人，上午的阳光射进房里，把点滴的袋子照得闪闪发亮。一切似乎从没有这么可爱过。

待在医院期间，护士把我与铁笼移到靠窗的位置，开始的时候以打点滴来维持。到手术后的第三天，他们给我喂了些糊状食物。每天都是吃了睡、睡了吃。饭后望着窗外发呆，不消一会儿又会迷迷糊糊地睡去。

Dr. Ian还真待我不薄，手术后居然选用粉红色的绷带，而不是我曾见过的深蓝色绷带替我包扎。我一身黑毛若配上深蓝色外套，实在不光鲜，加上手术后，精神自然显得萎靡不振。配上了一件粉红色的大衣，面色自然好看多了。

“大块头”声称是Goldie 维权会主席，致力维护“金毛大少”在家一切优先的特权，他甚至将心爱的荷兰队球衣印上Goldie名字及出生月份，对这些狂热的Fans行为，我一点也不稀罕！

第十五章　手术后

不知道是什么时候，迷糊中看到“大块头”俯身在铁笼外看我，他见我睁开眼睛，立即踏前一步靠近看我，我强撑起一双如千斤重的眼皮，朝他挤挤眼。他满头汗水地把我从笼里抱出来，小心翼翼把我搂在怀中。以我对“大块头”的了解，他一直对我有偏见，汗水肯定是因匆忙而不是担心吧。他忙不迭解释说老板今天要赶交稿件付印，来不及接我，还说一切都会好起来的，我们先坐出租车回家去。

我用力眨了眨眼，表示理解。临离开前Dr. Ian交代他说：“小心不要让她感染细菌，一定要给她保暖避免染上感冒。之后每隔两天回来清洗伤口及更换纱布。切记观察伤口可有任何渗血情况。”他还把手机号码告诉我们，叮嘱如有什么状况，要立刻通知。

癌细胞离开了我的身体！我终于逃出了鬼门关！

受南下的冷空气影响，当天天气骤变，气温急降。早上还有二十多度，可是到了傍晚，一下子就降到只有十一二度。

“大块头”抱着我径直走出诊所大门，外面下着雨，被雨打湿的地面反射着霓虹灯光，一股寒意窜进我身体。“大块头”大概是从公司直接过来的，也不曾预料天气会突然变得这么糟糕，所以未带备用的保暖衣物。只好折返诊所向护士借来一条大毛巾，把我紧紧裹住。

走在路上，可能是刚做过手术的缘故，我觉得浑身特别寒冷。虽有大毛巾重重包着，我还是冷得不停地打寒战。“大块头”见状，连忙将自己的西装外衣脱下来，给我再多包上一层。

“大块头”平时对我忽冷忽热，终日自称是Goldie维权会主席，还再三向我下逐客令，今天竟对我关心起来，真的令人意外。

正值下班繁忙时间，我俩等了很久，才等到一辆出租车。上了车，就听司机对他说：“天气这般冷，还带这么小的孩子出来，不怕着凉吗？”“大块头”苦笑说：“他不是小孩，是一只刚做完手术的老狗。”司机听了，愣了一下，没有再说什么。不一会儿，车里头的对讲机响起来，只听他向对方说：“真是世界变了，狗也要做手术。”他的语气，充分表现出他对我这位耆老的不屑。我仰头望向“大块头”，见他对司机戏谑的言语，一脸的无奈。“哼！我预祝你长命百岁，无病无痛……”

回到家后，“大块头”先把我放在沙发上，再到厨房里拿温水给我喝，然后又四处张罗找来毛毯。可能因为之前在车上的颠簸，我的伤口开始隐隐作痛，精神实在疲惫到了顶点，体力极度透支，很快就迷迷糊糊地睡着了。

朦胧间，感觉到Goldie探过头来在我身上左嗅右嗅，这是从未发生过的情形。虽说近来我们的关系稍有改善，但他始终不曾主动接近我或作友好表示。今晚他居然主动走来，还特意放轻脚步，我估计很可能是老板早给他训示过。

我抬眼望他，大概是我那死鱼般的眼神吓呆了他，只见他的表情如定格般呆住，我为掩饰窘态舔舔嘴唇，作为病人的我心情不好，但不能否认，原来这“巨无霸”对我尚有“狗情味”。就这样神志不清地昏睡了大半个小时左右，我再次感到有张熟识的脸靠近，还叫着我的名字，见我睁开眼，忙对着我笑了笑。原来是老板赶回来了。只见她连鞋也来不及脱下，就直冲到我的面前。我望着她的短发，还有鼻子上的雀斑，嗯！跟以前一模一样！她急着要翻开我身上缠着的纱布，想看看伤口，却听到站在身旁的“大块头”说：“医生替她缝了二十八针，伤口还未完全合上，现阶段不宜触碰伤口，应让她多休息。”

接下来，两人像接力赛的选手，轮流照顾我。

夜色越来越深，温度也越来越低，“大块头”更建议将我搬进睡房，确保不会着凉。熄灯前还替我加了一张薄被，并祝我做个好梦。原来做手术可以改变他们对我的态度，早知如此，我应该早跟“小平头”建议。

大约到了半夜，伤口好似火烧一样痛起来，肚子很胀，脸上火辣辣的。我无法再像早时那样趴着睡，唯有坐起来。喉咙干涸得很辛苦，连吞口水都痛。我终于按捺不住地呻吟了几声，没想到却吵醒了两老，只见老板迅速爬下床，走过来蹲下身，见我痛苦的样子，就对“大块头”说：“让我和她一起睡吧，有人在身边陪着，她可能会好一点。”她帮我调整好姿势，然后把自己的被铺拉到地上，在我的“床”边铺开。

“大块头”到厨房去拿来一小盘温水让我喝下，再用浸水的棉球轻轻沾湿我的嘴角，本来如火烧一样的喉咙痛，借温水的湿润，稍稍舒缓下来。

将一切安顿妥后，老板睡到我身旁，我见她将身体侧向一边，尽量给我腾出足够空间，之后又在我耳边絮絮不休地说话，她的话仿佛念珠似的紧紧连成，大概因为安心感的推波助澜，我很快又堕进梦乡。睡前的一刻，我瞥了老板的眉毛一眼，觉得这眉毛长在女子脸上稍稍嫌粗，然后就如掉进了云雾里，不知所终。

手术后的那星期，整日都在昏睡。

第十六章　大难不死

再次苏醒过来时，还是头重脚轻，嗓子仍在痛，手脚脖子都酸痛得要命。

吃过药后，我居然把早上吃过的鱼蓉麦皮全吐出来。Goldie见我呕吐，吓得要死，连忙躲得老远。他大概以为我大限将至，时日无多。所以，尽管我试着叫他过来跟我聊聊，但这胆小鬼却坚持躲回书房！我搞不清楚这小鬼是不想听我的“遗言”，还是要我坚强地活下来面对现实，总之，余下来的一整天他都没再出现于我的视线范围内。

傍晚时分，伤口仍不时地隐隐作痛，心想应该要起来吃点东西才行啊。我努力地走近自己的饭盘，尝了尝，不错，味道似乎蛮好的。再试试，啊！真的很鲜甜美味！吃东西居然使得我的痛楚在一瞬间就烟消云散，我二话不说，一口气将整盘鱼蓉粥吃个精光！

金毛犬见我不仅能吃，而且还胃口大开，眨眼间就干掉了整盘粥。他讶异地看着我，像是说：“你不是快要死了吗？怎么还能吃得这么快，这么多？”饱餐过后，我在客厅里踱了几个圈，随意撒了一泡尿，我的头还是有些昏沉沉的，于是踉跄地钻到桌下去再睡个痛快，醒来后，我发现自己的体力好像恢复了不少。

记得做完手术当晚，我还以为自己两只脚已踏入了鬼门关，没料到今回又是大难不死。看！只要不放弃，勇敢向前跨一步，现在不又是一条好汉了吗？这次手术，我共缝了二十八针。每回，当他们帮我清洗伤口，更换纱布的时候，我也会检视一下状况，如果你想知道二十八针有多长，大概与成年人的牛仔裤拉链长度差不多吧。又过了三周，终于可以拿掉绷带了。疤痕不偏不倚，位于肚皮正中间。我想，这条疤痕恰好给我当作时下流行的文身，替我增添不少“潮狗气息”，也很不错吧。

先不要笑我神经病，如果我将疤痕视为疤痕，然后对着它伤春悲秋，对老人家的身体有什么好处呢？我觉得能够做条“潮狗”，总比当暮气沉沉的老狗来得有活力。

手术后一个月左右，我已经完全康复了。

临近十二月尾，又是Hong Kong Dog Rescue每年一度的“人狗行”慈善筹款活动。本来我已预备好要跟大伙儿一起参加，奈何老板担心我外出会引起伤口感染，只肯带Goldie参加。其实我觉得老板是过虑了，让我出外走走未尝不是好事，不过，为了避免给她带来精神压力，所以，就大方忍让一次。Goldie回来后心情大好，给我大肆吹嘘，说我错过了一件盛事，叫我下年一定要参加。还说这活动可以让我这“村妇”大开眼界。我也懒得与他计较，见他说得口沫横飞，就让这小鬼说个痛快好了，心想我又何须出门见识呢？你不是教导我何谓“谬论”吗？

接下来的星期一，“圣诞老人”打电话来，说是叫我回去拆线。拆线？岂不是失去了潮物文身？“圣诞老人”替我检查完毕，看他如释重负的表情，我知道终于打胜仗。在回家的路上，

“大块头”竟然称赞我：“Ducky婆婆很坚强啊！真了不起！”

我心中感慨万千。他终于擦亮了眼睛，看到我坚毅不屈的性格。“圣诞老人”吩咐，我要每三个月回去复检一次。

踏入家门，我一头冲到金毛犬面前，对他说：“我早说过会逢凶化吉。我打算与你一起生活下去，你看如何？”但觉心情特别舒畅，喜悦的气氛好像感染到Goldie，他居然嘴角向上弯了一秒钟，我肯定今次不是我老眼昏花。

我一直怀疑Goldie早已认定自己是人而不是狗。

第十七章　败儿

星期天早上，一家四口如常到附近餐厅吃早餐，路上碰见邻居艾莲，听她说："啤啤已经需要用氧气机来辅助呼吸。"我不知道什么是氧气机，但凭艾莲说话的语气，直觉告诉我这不会是什么好事。

早餐后，按惯例我们会到郊外，但今天突然改变行程，两老说是要去探望啤啤。

啤啤住在我家附近，步行只需五分钟。他是一只银狐犬，已经有十五岁。家里还有一只两岁左右的花猫，八岁的金毛犬甘美及一岁左右的唐狗阿细。

我一眼就认出阿细，因为他曾经在老板写的一本书里出现过，而且还当上封面人物。据说阿细算是家中的捣蛋鬼，终日和金毛犬厮磨打闹，吵个不停。不是争玩具，就是抢东西吃。在我眼中，这些小鬼的所为不单没创意，甚至算得上无聊至极。跟咱家的Goldie一样，都是吃饱没事干的一群，从不会以我做典范，订下自我增值的目标。当然，有目标不等于会实行，大家不见我们的政客也许下不少承诺么！这些承诺十居其九只是一堆不能兑现的空头支票，至于Goldie自视“高狗一等”的优越感，我觉得他绝对有当官的资格，我从未见过他跟左邻右里的同类主动打招呼，反而对人家的主子就热情很多，他让我搞清什么是“亲疏有别”。

记得一次我们与两老去散步，见到路中有一滩污水，我毫不犹豫地跳了过去，但“金毛大少”却停下来，摆出一副为难的样子，他完全有能力跨步跳过去，但竟然掉过头，要求老板抱他！不是亲眼目睹，我都难以相信。对“大少”的要求，老板居然说：“好了，好了，我抱你过去。”唉！也不顾自己一把年纪，还弯下腰来抱这不肖子，也不怕这样做，有可能弄伤腰骨！

我亲眼目睹Goldie另一“经典”场面，自此，我对他的“斯文教养”“肃然起敬”。有一天，我们遇上大塞车，左等右等，午餐时间都过了两个半小时了，我与Goldie饿得头晕眼花——因为一日三餐，他们都是定时定量。“大块头”怕我们饥饿难耐，建议在附近一间小餐厅先吃饭。没想到餐厅说不能让狗只进入，两老只好轮流吃完午餐，然后再带着我们到隔壁商店买蛋糕吃。我和Goldie就坐在街边狼吞虎咽。

这时，有一个路人拖着一只唐狗走过，那唐狗突然冲上前，硬把Goldie嘴里的蛋糕抢了吃，我想：“你这唐狗好大胆，敢从‘虎口夺食’，看‘金毛大少’怎么跟你拼，你等着瞧吧！”我正为那唐狗捏一把汗，不料Goldie却反被唐狗的突袭吓傻了，呆呆地望着对方，眼巴巴地看着唐狗吃掉了蛋糕，不要说反抗，连不满都不敢表现出来！最后，又是用他那可怜兮兮的眼神向“大块头”求助。

虽然我已经老眼昏花，但总算有个灵敏的鼻子作补救，不至于变得反应迟钝。

第十八章　白内障

再见到啤啤那天，我发现她的眼睛已经呈蓝灰色，晶体变得比前一次更加浑浊，我明白这是怎么一回事。这是人类所讲的“白内障”。白内障是老年狗的“杀手”，其实这个“杀手”在任何时间都有可能出现，而又特别针对个别纯种狗。例如金毛寻回犬、贵妇狗、魔天使犬、曲架犬、波士顿梗和爹利犬等，较容易患上白内障。患上白内障的狗，病症有可能再发展成为由晶体引发的葡萄膜炎，白内障会令狗的双眼变红，狗只会感到痛楚，害怕强光，如果不尽快治疗，会很快变成青光眼，或是晶体松脱。这种手术属于专科门诊，也就是说需要专业的眼科兽医才能治疗。一般的兽医不能处理。

而且，不是所有患此病的狗都适合做手术。这需要视乎狗的年龄、种类，有没有其他相关的疾病如糖尿病等，最重要的是兽医还需要了解狗眼睛里的视网膜是否仍然活跃，之前可曾出现过其他眼疾问题等。

事实上，这个手术还与狗的性情，日常行为方式有莫大的关系。因为手术后需要时间护理，例如定时滴眼药水、吃药及打针等。若病狗拒绝接受这些护理程序，甚至疯狂反抗，咬人，那反而会令情况变糟。所以这段休养期内，狗的行为能否受到控制，至关重要。

白内障是经长时间形成，与老年人的情况差不多，视力会渐渐减退，但不会突然失明。部分个案只会影响一只眼睛，两只同时发作的情况比较少。所以狗一般都能适应，也就是说凭着他们的嗅觉和听觉，仍可以继续生活。

要照顾患有白内障的狗，其中一个家居小贴士是：尽量避免移动家具，更不要搬家。因为患病的狗，虽然看不清，但凭记忆和感官，可以如常地生活，倘若经常移动家具位置，或环境改变，就不一定能在短时间内适应得了。对他们来说要重新适应家居环境是件苦事。

除此之外，主人带患有白内障的狗出门，切记要用绳牵引，如果让他自己走，很可能会因看不清而发生意外。我曾经在街上见到一只狗一头栽入花丛中，我想他十之八九是患上了白内障。

银狐犬啤啤已经离开了，不知重遇时会是什么光景。

第十九章　啤啤

我敢肯定啤啤年轻的时候是整条街最美的，年届十四岁高龄了，不论体型毛色还异常出众。再看看自己这副尊容，她叫我非常羡慕。今天见她头上戴着氧气罩，平躺在客厅的一角，凭她的鼻息，嗅觉告诉我她大去之期已不远了。还记得上次与Dr. Ian见面时，他曾对老板说，估计我可以多活一年光景，也就是说，我还有一年的时间，望着啤啤，又怎能不感慨岁月催狗？

见到啤啤在客厅的一角坐了起来，我没有过去坐在她的身边，因为我与她其实并不熟，所以选择坐到门角的位置。她的神态清楚地告诉我，她对这个家很留恋。怎么说她也在这里生活了十四个年头。十四年不长，但已是狗的一生时间！

老板曾对我讲起人类的寿命，也就是在几百年前，他们的平均寿命才三四十岁，可现在呢？随着医疗发展，物质生活丰富，营养充足，环境改善，等等，人类的寿命发生很大的改变，轻易可以活到七八十岁！如果说我相信这个世界有所谓“愿望成真”

的话，我期望动物的寿命可以与人类看齐，而不只是十几年的光景。这并不代表我贪恋“狗生”，而只是希望与人类在情感上的互相扶持、互相依赖可以长久些，也算是对善待狗族的主人的一种回报吧。

在我与啤啤别过的第二天，我看见老板突然间拿起车钥匙，一边换衣服一边对着电话说：“已走了？……你等等我，我现在立刻过来。”然后匆匆地走了。老板不是那种会把坏情绪传染给我的人，可是传来的声音，让我总觉得她很不安。当晚老板和“大块头”一起回来时，我在她的身上嗅到一阵很古怪的气味，这种古怪的气味我曾经在养殖场闻过，突然，我明白了，这是死亡的气味！

两老回来后一直坐在客厅里发呆，不知道过了多久，才听到“大块头”对老板说：“啤啤其实已经十四岁，离开前又患上肺癌，不论家人或啤啤本身都辛苦了一段日子，再拖下去真的太难了，让她放下离开未必是一桩坏事。我们都要有心理准备，Goldie与Ducky婆婆终有一天也会走上同一条路。与其到时伤心后悔，我们应该像艾莲一样无论如何伴她走到最后，最重要的就是好好珍惜相处的每一天。”

从负面来看，两老一唱一和的话题无疑伤感，但如果从正面的角度来说，我终于挨到这一天了。我给Goldie抛下一个淡定眼神：“以后家里的维权运动会由一人变作两人，我那位比你的还厉害，你没有听过老婆才是真的话事人吗？”

当晚月色明亮。我临睡前走到窗前，默默向天上的月亮祈求，但愿啤啤已经去到另一个安静舒适的居所，开始她新的生活，我肯定大家会有重逢的一天。

第二十章　伯利恒之星

眨眼间又到圣诞，今年圣诞节两老决定回加拿大老家探望外公外婆，所以，我与“金毛大少”要跟家中的阿姨一起过节及迎接新年。

街上越来越多的“圣诞老人”出现，就像满世界都是Dr. Ian。圣诞和新年对人类而言是普世欢腾的日子，我们也无可奈何成为人类的圣诞礼物。还记得以前，最怕听到这些音乐，或是看到红红绿绿的装饰，这代表骨肉分离，圣诞节对我来说绝对是个悲伤的日子。

说实话，今年的圣诞节，真的是非常特别。一方面我刚做完手术，死里逃生；另一方面送走了啤啤，经历生离死别。真是百感交集，既有哀伤亦有感恩，对新生活开始感到兴奋，对旧友的离去感到不舍。

望着圣诞树，我想起在繁殖场时，发生在我邻居阿辉身上的故事。阿辉真是我不折不扣的邻居，因为他也长期困在我隔壁的笼里。阿辉在我眼中与“金毛大少”一样是个庞然大物，他是只松狮犬，全身都是毛茸茸的。正因为他总是披着一身厚毛，所以我从来就不知道他究竟是胖还是瘦。直到他每天不正常地喝水，而喝水量又不寻常地增加，渐渐引起我的注意。终于有一天，我发现他的体形在不知不觉间缩小了很多，每天睡眠时间也越来越长，就是醒来的时候精神也萎靡不振。

他的食量似乎并没有减少，每到午饭时候，总会狼吞虎咽地把饭盘里的食物扫个精光。但身形却反而不断“缩小”，情况很吓人。当时觉得很奇怪，直到后来，经左邻右里“以狗传狗”之后，我才听到一个新名词：糖尿病。而阿辉就是患了这个病。他自患上糖尿病后，元气大伤而且经常感到疲劳，尿量大增。到了后期，眼睛的玻璃体更是出现浑浊的情况。

有一位身高如小马的大丹犬，名叫佐敦，繁殖场的人经常以“姚明”来叫他。他是刚来不到半年的“新移民”，经历比我们丰富得多，特别是关于糖尿病，他知道得比我们谁都清楚。每当他给我们讲解时，大家都会聚精会神留心听着。他说：“糖尿病的致病原因之一与肝脏有关，即肝糖不能贮积，令血糖增加，导致肾上腺、甲状腺和脑下垂体不正常。另一个致病原因是胰脏内胰岛素分泌不足。其实糖尿病并非不治之症，治病首先应从饮食方面着手，高脂、高糖和高调味料的食物可免则免，必须口味清淡，以含高纤维且低卡路里的食物为主，太过肥腻的肉类罐头，只会造成肾脏与心血管的负担。

“理论上，糖尿病必须用药物来控制，尤其在病发前期，可用药物控制病情。但长远而言，严格的营养管理才是关键因素。因为高脂、高糖和高调味料的食物很容易令狗发胖，而肥胖容易引起一系列疾病，如脂肪肝、糖尿病、高血脂和冠心病等等。尤其是当狗进入年老阶段，这些病会时刻威胁它的生命。狗若然长期摄入过量的盐分，就会加重肾脏的负担。当体内各种矿物质与维生素不平衡时，就会直接影响皮肤健康与抵抗力，造成各种皮肤疾病。”

记得当时大家听完后，室内变得寂静一片，四周弥漫着沮丧的情绪。原因是按照佐敦的意思，我们都活在危险边缘。

当所有狗将同情的目光转向阿辉，我发现他绝望地紧闭起双眼，动也不动。他从未被人关心过，更别说药物控制、健康餐单之类，至于任何物质享受更加是闻所未闻，如果你见识过繁殖场“狗叔”的营商手法，担保你很快就会知道他的智力与良知经常处于冬眠状态。

难怪祖先一早训示：“要在人类的家庭中建立我们的根据地，繁衍后代。”我们的归宿怎么样也不应该是繁殖场。即使是流浪也比这儿好，因为至少有回到人类家庭生活的机会。

患糖尿病的阿辉后来怎样我不知道。有一天当我醒来，发现他已没有待在隔壁的笼里，之后亦再没有见到他。同一天在繁殖场的大门边，摆放了一棵圣诞树，树顶挂了一颗星星，据说这颗星叫作“伯利恒之星”，具有照亮人类心中黑暗的意思，然而我却丝毫感受不到它的魅力，星星的亮光反而像颗哭泣的眼睛，向着一班终年被关在铁笼的动物眨眼。繁殖场里的人因节日也提早走了，留下了空空的院落。这是令我终生难忘的圣诞节。

我一直不敢想象阿辉的下场，只是每到圣诞节，我都会向圣诞树顶的星星祈求，请它照亮阿辉的路，让他找到一个比铁笼更好的地方生活。

第二十一章　大与小

做一只纯种狗，绝对要付出代价。之前已经说过：五岁之前是“狗欺病”，五岁之后则是“病欺狗”。

今年的圣诞假期，两老往外地探亲，让我与Goldie有了更多独处机会。

早餐后散步回来，我坐在他的对面，突然看到他眼睛四周的白毛多了，远望过去尤像戴了一副白框眼镜。我还留意到，近来他已经没有之前的精力旺盛，在沙发跳上跳下，而是每次散步回来，定要休息一会。还记得我刚来时，他是蛮爱玩的，白天要不是无聊透顶外加疲累过度，他绝对不愿睡觉。即使睡觉，只要一听到有什么“风吹草动”就会立即起身张望，好像随时憧憬着有奇妙的事情发生。可眼下，他要是睡了，你就算走到身旁，他也最多抬抬眼皮，扫你一眼，要是发现没什么特别事情，就连头都懒得抬起来。

每当换季时天气变化，他就会像老人家一样咳个不停。这几天气温变化异常，可真是辛苦，我知道他的气管一定无法适应，所以咳得很厉害，严重的时候，咳得好像连气也喘不过来。

他除了接受每周一次的针灸外，日常生活上还要作出适度调节。所以老板每天都要留意空气污染指数，如果偏高，除看医生外，就尽量减少外出。

寻回犬属体型大的狗，在年老之后，后腿髋关节特别容易有毛病，Goldie也不例外。因此，Dr. Ian建议，Goldie每天应减少上下楼梯的活动，这也是他们仨搬到这儿居住的原因。我曾听老板说，他们的旧居要爬三层楼梯才到家门口。

此外老狗还必须特别注意饮食均衡，身体不可以超重。因为超重会增加四肢与关节的负荷。由于新陈代谢速度下降，再加上活动减少，老狗对食物热量的需求比年轻时少，所以高热量的食物一定要减少，肥猪肉更绝对要戒除。

一般来说，要想保持矫健的体型，必须多吃含高纤维的蔬菜和水果。

那么，怎样判断我们的体重是否达到理想状态？很简单，摸摸狗的胸骨判断：若可隐约地摸到肋骨，则是理想的体重；若摸到胸廓的肋骨像洗衣板一样明显，则是太瘦；反之，完全摸不到肋骨，感觉不到肋骨存在似的，只摸到肥肉，就是太胖了。

人类对我们的饮食健康应该有基本认识：当年轻时可以一日一餐；而当年老时反而要一日三餐，且每餐的量要少。原因是一日多餐更能配合日益变差的消化能力。无论什么品种的狗，体型大或小，又无论是幼犬还是老狗，都要遵从这个基本的饮食规则。千万不要以为体型大的狗需要多吃而体型小的不需要，或年轻要多吃几餐而年老只吃一餐，等等。

我们无法像人一样自我控制，一切都靠主人的健康意识，有人说："物似主人形。"我就相信狗似主人形，有健康的主人，就会有健康的狗。今时今日，连本地女生都懂得以纤体瘦身为终生事业，你总不成还蠢得相信"狗瘦主人羞"嘛！

舌头外露只因牙齿早已掉光，人人见到说可爱，但有苦自己知。

第二十二章　一齿千金

外面冷起来，中午又下起毛毛雨。

家中一片寂静。望着窗外雨雾，我感觉到自己是在一座浮城上，尤像是在日本卡通片里的“天空之城”。回头看到Goldie，正咧嘴对我笑，他那闪亮的白牙，令我既羡且妒。

说到牙齿，我已一无所有，因没有牙齿的关系，舌头无时无刻不露在嘴巴外面，人家不知道的，还说这样子看起来超可爱，真是有苦自己知！关于“一齿千金”这个话题，我绝对有资格发表个人意见。相反，金毛犬拥有一副健康牙齿，反倒适合去拍牙膏广告。

事情源于我刚来到这个家时，这只目无尊长的讨厌小鬼，曾放大喉咙对我叫嚷：“这个老太婆的口臭得要命啊！‘管家’救命啊！”

Goldie没有诋毁我，这是不争的事实，在这个问题上，我觉得不需要大惊小怪。之前都说过，我的理论是“狗似主人形”，

“狗叔”常在忙于给大家表演醉拳及示范起飞脚后，就倒头大睡，刷牙洗澡之类的卫生护理当然不用浪费时间，既然“狗叔”本身也没有洁齿的意识，更莫说他的狗了。

我一生没有刷过牙，若不是来到这个家，根本不知道刷牙是什么玩意！对什么“牛扒味牙膏”更是闻所未闻。

记得我第一次看到老板用电动牙刷帮Goldie刷牙，简直吓了一大跳，不知道她在那小鬼嘴里搞什么。而Goldie则不停地舔着挤出来的东西，一副享受美食模样。我忍不住盯着这小鬼，好奇地想知道这究竟是怎么回事。见我迷惑不解但又跃跃欲试的样子，老板就顺手多挤出一点，让我也尝尝。哇！难怪这小鬼吃得津津有味，连牙膏都可以如此美味，绝对是“狗间美食”，给我每天刷十次八次好了，你说护齿重要嘛！

刷牙这玩意，我敢肯定金毛Goldie乐此不疲亦从不间断，就算有时一早出门，很晚才回来，精疲力竭，但只要一声：

“Goldie，刷牙！”他就会乖乖地跑到老板跟前坐定，然后享受他的“消夜”。

其实我早已发现自己口腔有股怪味。除我之外，繁殖场里其他室友都有同样的问题，不过，既然大家都生来怪味，我便以为那再正常不过。直至后来牙齿一颗一颗地脱落，越来越难进食，有时甚至因为牙痛得厉害，宁愿挨饿算了，才发现牙齿的重要。若不是前生意拍档一时短视，他也不会跟我拆伙，说实在一点，我还要谢他呢，分道扬镳后我得到了大展拳脚的好机会，遇上老板这户人来还债，从此可以不劳而获，比起中了头奖还要好吧！在这件事情上，我明白了错配这个道理，我在年轻还拥有齐全的四十二颗牙齿时，总要吃些难以下咽的劣质食物，待至所有牙齿都掉光了反而每餐给我大鱼大肉，你说老天是不是跟我开玩笑！你没有见过路上开马力十足跑车的大多是一把年纪的老家伙吗？年轻时买不起嘛！都快要跟上帝报到了，还有什么急事要开快车呢，这不是错配是什么！

让我告诉你，但凡要对着它一生的都要好好对待（这可必包括你的另一半），牙齿这家伙绝对需要重视，亦不要随便得罪，要知道，牙齿不好，会连带出一系列后遗症，直至彻底拖垮健康，最重要的当然是影响口福啦。

所以我建议：

第一，从小就要养成刷牙的习惯；

第二，除每天早晚两次刷牙之外，每月都要咬洁齿骨，清理牙结石；

第三，如果发现口腔有不正常的增生或肿块，或是有臭味，要立刻找兽医评估肿块种类等，或检查是否有其他问题。

很多人误以为狗平时不需要刷牙护齿，等到狗的牙齿出问题，才急忙地带我们去洗牙。要知道，老狗洗牙前，首先须进行麻醉。大部分兽医都会建议在进行洗牙前，先帮老狗验血，并检查肝、肾功能。以上种种，费用不菲，倘若遇到洗牙后需要吊盐水，医疗费动辄会需要数千元，所以，听我说与其把金钱送给牙医，倒不如给我们多买些好吃的，大家都会欣赏你的精明呢。另外值得一提的是虽然现在一般都会采用气体麻醉的方法帮老狗麻醉，风险确实降低了不少，但对老骨头使用麻醉药，还是可免则免。

牙斑是狗最容易出现的一种牙病。那是一些软而透明或呈乳白色的黏附物，唾液中的矿物质会进一步使得牙斑转变成牙结石。在牙龈下方出现的牙结石，成为细菌温床，细菌滋生会引起发炎。造成牙龈发炎的细菌，更能进一步侵入我们的血液中，引发肝、肺及心脏疾病。所以牙齿的护理应从小开始，这样才能避免小病变大病。不要嫌我啰嗦烦人，我是个过来人，一齿何止值千金，如果你不同意，就把你的卖给我好了。

谁又想到活泼好动的“曲奇”最后会患上老狗痴呆，真是狗生无常。

第二十三章　再见曲奇

最近看了则牵动人心，特别是香港人的心的新闻。他们一方面感到激动、鼓舞；但另一方面又戚戚然，无法释怀。这事情跟获得诺贝尔物理学奖的高锟教授有关。

据说他获奖是因为发明光纤对人类社会作出的贡献。光是不容易被挡住的一种媒介，利用光的特性，在特定的材料里，光就可以得到稳定的传递。他以廉宜坚固的石英玻璃纤维作为长距离传送信息的材料，突破了传统用铜铁等材料传递信息的瓶颈，大大拉近了几十亿地球人之间的距离。

他的研究造福人类多年，连我们四脚动物也受益。例如给我们看病的仪器，让我捡回老命，也是拜他所赐。家中两老，无论身处何地都能以Skype或手机与我们保持联系，这些都是光纤通讯革命的成果，容我说一句，高锟教授万岁！

无奈这伟大的学者，晚年却得了老年痴呆症！要知道，狗同人一样，出现在人类身上的病症，同样会发生在狗的身上，痴呆症就是其中之一。

住在我家附近的曲奇是一只金毛寻回犬，十分好动，游水、行山、拾网球是她的至爱，身体强壮，甚少要看医生。金毛寻回犬的平均寿命是十二到十四岁，而曲奇十二岁时还时常蹦蹦跳跳，假日随着大伙儿上山下海，家人还说曲奇大有可能是一只“狗瑞”。

曲奇步入十三岁半左右时，健康开始起变化。一日深夜，曲奇像喝醉了酒一样，吐个不停，还用头撞向屋内的家具和墙壁，把主人都吓傻了。曲奇跟我一样，也是由“圣诞老人”来关照。经初步诊断，“圣诞老人”认为曲奇的状况有两个可能：轻者可能是中风，重者可能是脑部开始退化或长了肿瘤。两者均须以磁力共振的脑扫描技术才可确认，但先决条件是必须作全身麻醉。之前都提过，使用麻醉药对老狗来说存有一定风险，况且就算证实了也没有什么实际的治愈方法，最后医生建议先服脑部药物再作观察。曲奇吃药后很快复原，主人抱着“年纪大机器坏”的心态，见曲奇病情转好便放下心头大石。

四个月后同样状况再次发生，之后的两个月又来一次。虽然每次曲奇吃药后都回复正常，但情况时好时坏令主人不得不做好心理准备。其间曲奇偶尔会去错地方小便，被责备时竟像不认得主人般咧齿低声咆吼。“圣诞老人”说曲奇的脑部退化情况有如人类的“老年痴呆症”一样，并指她可能只会再活几个月。这以后的九个月，对主人和曲奇来说都是难熬的日子。

无数个夜晚，曲奇总会无意识地半夜起来踱步，原因是她的生物钟已不能分辨日与夜。及至后来即使在日间，她的无意识踱步变得越来越频密，加上不受控的焦虑症状令胃口更差，体重开始下降。每每在踱步的时候，将头颅卡进家具与墙壁的罅隙之间，不再懂得后退而哀鸣起来，甚至呆立一整天。病情变坏时，她完全忘了该去何处大小便，主人只得无奈地替她穿上尿片。遇到家人不在家，没有及时替她更换的尿布就会因太重而掉下来，弄得一屋大小便。

服食脑部药物的后遗症，不单令肾脏机能转差，甲状腺、血液的问题亦随之而来，曲奇的病情每况愈下，状况不会再好转已是事实。其间“圣诞老人”不下两三次请主人放弃，让她“安乐死”算了。

到最后的两三个月，她对食物也没有兴趣了，甚至连喝水也要用针筒滴进她口里。后脚力量也逐渐变差，走路需要用特制的绳套在身后辅助，每两三小时替她翻身，避免关节位因长期被压而长褥疮。进入最后的三天，Dr. Ian说曲奇已进入“植物狗”的状态，主人唯有让她上路。

狗的退化症状和人相近，改善之道也和人一样，可以通过运动或做一些益智类活动来降低痴呆退化程度。例如将狗的食物藏在玩具里，让我们多运用小宇宙动脑筋；或以玩游戏作训练，比如与人握手、摇头、点头等。但要记住一点，老狗的体力不好，所以最好不要选择太激烈的运动，像掷飞碟之类可免则免，不妨一起去空气新鲜的地方散散步，相信我，这对我对你都有好处。

“痴呆症”和身体的病痛不同，脑退化的过程可以是漫长的，本身不会有肉体上的痛苦，但最终会引致身体多部分出现问题。主人要做好心理准备，因照顾过程需要莫大的耐性，要接受往日熟识的我们会慢慢远去。至于生活上的细节也要配合，例如尽量不要独留患上“痴呆症”的动物在家，家具之间避免留有罅隙。市面没有为老狗而设的用品，就要花点心思，例如尿布可以拣选婴儿尿布，再在尾巴位置剪开一个小洞，辅助后脚的也可用狗带改造而成。我肯定不论人或狗都不想患上这可怕病症，这病不能只偏重于药物治疗，照顾者需要有爱心、耐性和细心予以患者同情和体谅。我们狗生在世短短十数年，全赖人类的良知善待。假如有朝一日，我无端咬你，千万不要惩罚我，可能这只是“痴呆症”的病征，为保险起见，特立此存照。

第二十四章　心病还须心药医

香港这个地方，就算是冬天，都会无端有一两天潮湿日子，蚊患也会随时出现，好像待时机一到，就突然杀你个措手不及。

我们老狗的抵抗力比较弱，被蚊叮了后果会很严重。因为蚊咬后就会引发一种叫作“心丝虫（又叫血丝虫病）”的可怕疾病。这种病可通过血液迅速进入狗的心脏，被血丝虫不断缠住，患病的狗就会咳血，血中带有血丝虫，最后因心脏或肝肾等器官衰竭而死亡。

心丝虫病是通过蚊叮传播的，幼丝虫被送进狗的体内，再经十天到四十八天左右，心丝虫便进入了具感染力的阶段。有人误以为长毛狗不会被叮咬，其实蚊可以叮肚子及眼睛四周来传染心丝虫。这些心丝虫会寄生在狗心脏的右心室和肺的动脉处，造成心脏与肺部的病变，犹如一颗不定时炸弹。感染初期并无任何症状，数十天后会出现精神不振、食欲下降、咳嗽、运动耐力变差等状况。到了末期会有腹肿、四肢水肿、血尿、血便、吐血、呼吸困难及心脏衰竭等情况发生。有的狗甚至可能在运动后，或天气变化时突然暴毙。

其实只要抽血化验，就可以知道我们是否感染心丝虫病，准确率颇高。一般来说，老狗的肝、肾、心和肺的功能欠佳者，一旦患病危险性极高；而年轻的狗的症状较轻微，危险性亦较低。在香港这蚊患严重的亚热带城市，为了预防心丝虫病，主人需要让爱犬每月定期服用预防药，亦要留意不同体型的狗的服用剂量。

为了照顾我们，老板变得非常好学，常常请教“圣诞老人”，问题总是源源不绝，简直是如假包换的“问题中年”。她在家里一有空便上网查找，了解我们各式各样潜在的健康问题，寻找对策。有时候把“大块头”也“拖下水”，正所谓“久病成医”。我看她也差不多真要成黄绿兽医了。就算资质有限当不成兽医，至少也可做个狗只健康督导员，当然只有我与Goldie是她的监督对象。

你看，未等蚊子发动攻势，他俩就一早起来，早餐未吃就忙着喂我们吃药。看到日历牌上蓝色的星星标记，就会知道轮到吃哪种药物。今天又是每月例行服药的日子。防治心丝虫的药，要比“大块头”的新西兰粗粒燕麦早餐吸引我们，当然他也是被迫吃这些奇怪的早餐。每当嗅到“大块头”的降胆固醇早餐气味，我与Goldie都会懒理而继续蒙头大睡，让他独自享用这“美味”健康早餐好了！

为什么人的健康食物如此难吃，而狗吃的不论是药物还是牙膏，都有牛扒或鸡肉味供选择呢？“大块头”你认命吧，我们狗比人类的层次低嘛，没有什么健康生活概念，不会运用理智强迫自己吃那些像雀粟一样的健康食物，我们只会跟味觉嗅觉行事，欲念挂帅。至于理智嘛？你们有便足够啦，不用再传授给我了。

只有在冬日早晨救生员不值班的日子，才可偷偷摸摸去海滩走走。

第二十五章　文明的知性

最近豪宅天价交易事件正闹得全市鼎沸，七万元一平方英尺是真是假，最终还是会水落石出。

如果交易是真，那简直是开玩笑，每平方英尺要七万元，换句话说，我睡觉的丁方之地就可能不止七十万了。这笔钱够一个拿综援的人生活二十年。Goldie睡觉的床就需要约二十平方英尺，那么就是一百四十万了。一个大学毕业生工作二十年，也未必能够储到的数目，这究竟是什么社会呢？

这个城市荒谬的事何其多，又岂止天价豪宅，这些荒诞剧天天新鲜每天公演，有兴趣的话包保你可尽情看个够看个饱！

我在海边石滩上，曾交了个朋友叫小明，他与主人住在公屋。那里本来是不准养动物的，不过后来放宽规定，只要户主在搬入公屋前，有证据证明他是与猫狗一起生活，那就可以一齐搬进去，到这家伙死后住户就不准再养。

小明自搬进公屋之后，变得非常孤独。由于这地方基本上不准养狗，所以他饱受别人歧视，生活上连一个狗友也没有。主人收入不高，必须早出晚归工作，也没什么时间陪他。即使主人放假想与小明上街逛逛，所有公共交通工具都禁止狗只使用，除非肯花钱搭出租车，否则小明简直寸步难行。即使屋邨附近的小公园，也同样禁止狗只入内。有时跟主人上街闲逛买点东西，商场又谢绝进入，只有将小明拴在街边灯柱。有次要不是小明拼命大叫，就差点被人拐走。

后来，海边石滩改建成木板长廊后，狗也被禁止进入，我们再也没见面了。

近期另一件荒谬的事就是一位叫陈任君的社工因照顾流浪狗而惹上官司。她曾一直喂养流浪狗并植入晶片，当上他们的挂名狗主，一日流浪狗被政府抓去，由于她是名义上的主人，所以被罚了数千元。

事后她实在无法收留这些狗，只好继续像以前一样，定时去喂他们。不幸这些流浪狗又再被抓走，陈再次面临被起诉。一个人对动物的善心，却敌不过无情的官僚及落后僵化的法例。事件令全港近五十万狗主感到愤慨。

Goldie曾经见过世面，跟两老一起出国旅行，他说在欧洲大城市，狗的数目比香港多，人和狗都能文明地相处，既活得开心又有尊严。但在这里狗却被视为不该存在的动物，被杀无赦，不准接受任何好心人施舍，也不准有心人帮我们做节育手术。整个社会对我们处处设防，但对无良繁殖场及宠物店全无监管。香港人还自夸国际化，真可笑！

若然狗不应在这城市生活，为何还要逼我生那么多孩子，身体机能负荷不了，便用针药，残害我身体。最后，肯定无法生育时，就把我扔在荒郊野岭。你也不会相信我对此一无感觉吧。那些视狗为邪恶的人会否明白，真正邪恶的是人性本身！狗的无奈你们是无法想象。一个文明社会的定义，不是取决于经济繁荣、物质丰裕，文明社会是讲求宽容及平等的，而且那不只是存在于人与人之间，还存在于人与自然及人与动物之间，由此观之，香港这个所谓文明社会，容我说全是假象。

2
3
N
O

第二十六章　听障

我很羡慕人类有一种叫“助听器”的东西。助听器，简单地说，就是将声音扩大，增强弱听或失聪者的听力。我深信，这种发明迟早会在狗的世界出现。当然，我此生能不能见到，是另一回事。

虽然现今的我已归于“银发一类”，但我的听觉仍然敏锐，路人对我窃窃私语，我其实都能听得一清二楚。曾经有个小男孩，在走过我身旁时，小声地对他的妈妈开玩笑说：“妈妈，你看那小黑猪！”我当然懒得与这小鬼理论，他以为轻声说，我就听不见，我的听力肯定比他好上几十倍。

年老的狗，会逐渐失去听觉，这种情况是很常见的。

有的主人并没有特别留意狗因为年老而听力下降的问题，误以为他们不听话。比如，叫狗的名字，狗却时有不理会的样子，甚至好像完全没有反应，其实不是狗变得不听话，而是他们真的听不到。当然，就我来说有时是真聋，但更多时候是借了“聋耳陈”只耳朵，一切看我心情如何。

一般来说，如果一只老狗的视力正常，在熟悉的环境下，听觉受损的，可借主人的肢体语言、面部表情判断其意，服从指示，以越过失聪带来的障碍。但当我们的视觉和听觉都受了损，那么，在陌生的环境中，主人的带领就非常重要。相信我，对一只有视障和听障的狗，千万不要让他独自在外面闲晃，危险喔！

HOUR
MINUTE
SECOND
14
59
32.99
DATE
DIRECTOR

第二十七章　狗生如戏

我知道无论怎样生命终归有结束的一天。我是只乐观的狗，但我很清楚终有一日会离开这个世界。我从Goldie那里学到一件事：永远活在当下。“活在当下”如何理解？让我来告诉你。

有时候，大家对有些事情的观念不一致，有些事以我的标准而言根本不是错事，但在两老眼中却是坏分子。比如无聊的时候，随便拉屎撒尿，发泄一下自己的情绪又或者平衡一下自己的心理，这是多么地理所当然！无奈如此种种都会被视为“不守规矩”。相反，Goldie有时也会因为情绪高涨，而在大厅撒尿，令我发笑的是他总会在事发后一脸肃穆走进厕所，自行“坐监”反省。我觉得滑稽得要命！作为一只狗，为什么要具备自我检讨能力呢？在我看来，这实在是太神奇了！不是要数落Goldie，也不代表要说自己是个厚颜无耻的老家伙。其实，我有时纯粹是情绪需要发泄而已，人有情绪我当然也一样，为什么要逼迫自己做些自己根本不想做的事情？Goldie的自我纠正行为，真叫我摸不着头脑。话说回来，我认为什么叫“不枉此生”呢？就是说，凡事都看开些。比如阁下即使将我扔在街上，我也乐得刚好有机会能出去到处逛逛，当见识一下世面，又有什么不好呢？

讲到死亡，你问我怕不怕？当然很怕！有人会风光大葬自己的宠物，甚至会有宗教仪式。比如打斋，据说可以升天。我就没有想过升什么天。我的态度是一世就是一世，升不升天都无所谓。如果我可以自己处理自己的身后事，我会选择火葬，尘归尘，土归土嘛。与其为这些事情伤脑筋，我还是认为最重要的就是要活得精彩。风光大葬的背后，到底是对死去的尽点心意，还是为了活着的人的风光，也不重要了。

老板整天走到我耳边对我说：“要高高兴兴在这里多活几年，无须挂虑太多。”这也是我一直以来采取的生活态度。我绝对不会像金毛小鬼那样，自我检讨自我惩罚，把自己给关起来“坐监”！这是非常愚昧且划不来的行为。

据中国古人说：“知错能改，善莫大焉！”自我忏悔改过，是很重要的美德。老板说你知道为什么Goldie一辈子都那么有福气吗？就是因为他前生修德修得不错，福从德来，种福田，才有福报。大家都会做错事，分别就在于改不改，自己主动改还是要被别人处罚之后改。死不悔改，只能伤害到自己，Ducky你懂吗？好好想想。我才懒得想，那么高深，好像有道理，但又不知道她究竟说什么。

我若“闯了祸”，首先，我选择的态度就是，扮作若无其事；真被发现了，就用最天真无邪的眼神，凝视他们，直到获得他们的谅解；就算当场被逮到，也不过是被关十五到二十分钟而已，这对我来说，也不过是落得个清静。

一般来说，他们对我最大的惩罚，能令我感觉受伤害的，就是扣掉我的下午茶点！这最令我不满。特别是已经服过牢役了，为什么还要扣伙食？！若要扣伙食，就不应该坐监服刑。其实“坐牢”事小，没得吃才是难以接受的大事，也太吃亏了！很不值！更要命的是看着那小鬼一副饿狗相狂啃新鲜出炉的无糖曲奇，我发誓：“我失去的会用自己双手抢回来……”

作者:邝颖萱　出版监制:邝颖萱　电话:(852)2887 2110　传真:(852)2512 1909
地址:九龙观塘巧明街 112 号友联大厦七楼　　网站:www. mguru. biz
著作权合同登记号桂图登字:20－2011－070 号

图书在版编目(CIP)数据

晚福:Ducky 婆婆/邝颖萱 著.—桂林:广西师范大学出版社,2011.5
ISBN 978－7－5495－0474－9

Ⅰ.①晚… Ⅱ.①邝… Ⅲ.①犬－通俗读物 Ⅳ.①S829.2－49

中国版本图书馆 CIP 数据核字(2011)第 057636 号

出 品 人:郑纳新
组　　稿:郑纳新
责任编辑:刘　鑫
装帧设计:李　佳

广西师范大学出版社出版发行
(广西桂林市中华路 22 号　　邮政编码:541001
网址:http://www. bbtpress. com)
出版人:何林夏
销售热线:021－31260822－129/139
山东临沂新华印刷物流集团有限责任公司印刷
(山东临沂高新技术产业开发区新华路　邮政编码:276017)
开本:880mm×1 230mm　1/32
印张:6.5　字数:100 千字
2011 年 5 月第 1 版　2011 年 5 月第 1 次印刷
定价:28.80 元